이상한 밤
채호기 시집

문학동네시인선 245 채호기

이상한 밤

시인의 말

녹지 않는 장미색 기억은
길이 끝나고 돌이 시작하는 즈음에
기어코 단애를 세운다.

진짜 급진주의자 시인은
비인간이 인간을 읽고 기록하는
시적 공작물을 은닉한다.

아, 노래하려는 순간 숨는 것들.

2025년 11월
채호기

차례

X

I

이상한 밤

그 나무는 네가 보고 느끼는 대로 있지 않다.
잠 못 이루는 한밤중에 네가 그 나무를 기억할 때
절벽은 그 나무를 높게 세웠다.
원래 나무의 그 자리에 절벽은 나무를 새롭게 올렸다.

새의 형태로 도착한 것이 잠 못 이루는 한밤중에 나무의
창을
두드린다. 절벽은 문을 열고 흰 새가 데려온 눈보라에 사
로잡혀
주저앉는다. 나무는 생기를 띠며 눈보라의
우거진 잎새들 아래에서 이상한 밤을 만들며

자신을 까맣게 잊어버렸다. 절벽의 무시무시한 꼭대기는
심장을 온통 드러낸 채 눈보라가 세우는 냉기 어린 대성
당 아래
누워 있다. 네가 보는 것은 나무와 절벽과 새의 느낌을
둘러싸는 공통 세계의 분별없는 밤이다.

돌에게, 아 밤에게

돌에게, 네 눈을 암흑에, 이리저리 검은 말 등에 맡긴 적
이 없다.
전체가 눈인 돌은 눈이 꽂인 양귀비 회청색
잎과 줄기에, 입맞추기 위해 몸을 굽혀야 하리.

그렇게 죽음을 향해 몸을 던져야 하리. 흰빛의 망각 속
으로.
하얀색 잠 속에서 깨어난 돌의 눈은
돌이 눈이고 눈이 돌이지만, 사랑은 아니리.

아, 사랑은 밤이어서 아무것도 볼 수가 없네.
돌의 눈이 양귀비 하얀 눈이 되어 암흑 벌판에 섰네.
돌에게, 아 밤에게, 한줄기 흔들리는 눈멂이 아직도 네 뺨
위에 흰빛의 신열을 남기네.

두 개의 모음

얼굴

두 손에 도랑 안의 흐르는 얼굴을 잡으리라.
옛 수면 위에 어두운 밤 자신이 머무는 것이다.

물길의 시선이여, 슬픔이 더 낮게 흐르는
애도의 커튼을 쳐라. 단호한 거절을 위해

얼굴을 더욱 낮게 펼쳐 마음속에 스며들어라.
깊고도 검은 얼굴은 저멀리 돌 틈에서
침묵의 입술 위로 죽음의 소용돌이를 떠받치리라.

말과 찔레꽃

말들은 언덕을 차례차례 내려가
햇빛의 분홍 액체 속에 익사한다.

고개 숙인 말이 찔레순의 냄새를 번역한다.
말 입에 찔레꽃의 재갈이 물려

찔레의 말을 완벽하게 듣고 통역한다면
찔레꽃은 죽어 말 입이 될 거다.

말 입은 파괴되어 찔레꽃이 될 거다.
그게 말과 찔레꽃이 공작하는 아름다움이다.

이 아름다움에는 임박하는 사라짐의 공포,
찔레와 말이 뒤엉킨 비폭력적인 죽음의 경험이 있다.

책상, 그 옆에 유리창

책상, 그 옆에 유리창, 하늘, 새벽 별,
희부윰한 빛을 받아 창은 책상
위에 자신의 존재를 그린다. 따스한
온도로 말하고 있다고 해야 할까?

빛이 창을 통해 말한다. 책상의
말이 빛으로 가득하고 유리창이 듣고 있다.
빛의 생각이 유리에 굴절되면서
유리와 빛의 생각이 책상과 접속한다.

빛의 밝기와 각도에 따라 유리는 없고
사각형의 빛이 흘러넘쳐 반짝인다.
책상은 사각형 형광 기계와 부딪치고 밝음을 흡수하는
벌판을 가로지른다. 무형의 밝음과 어둠에 빛은 잠시
없는 공간에 한 마리 빠른 열기로 뛰어오른다.

'낙석주의' 표지판을 위한 한 조각

'낙석 위험 구간' '낙석 주의'라는 표지를 좁은 산길에서 만나게 된다. 그것은 돌의 깨어남을 알리는 표지이기도 하다.

거대한 암석 꼭대기에 매달려 있던 돌은 갑자기 깨어난다. 절벽 심층의 어둠에서 비집고 나와 갑자기 내디딘다. 마치 자신 안에 도사리고 있던 무서움이 바깥으로 튀어나와 그를 깨운 것처럼 돌은 무서움에 부들부들 떤다.

지탱하던 균형에 매달리고, 기억에 매달려보지만 추락한다. 암석 표면에서 미끄러지다가, 점점 가속도가 붙으면서 미끄러지다가, 속도가 더해지면서 마찰에서 벗어나 공중에 뜨면서 추락에 반대한다.

반대의 속력은 반항으로, 자신의 존재에 대한 분노로, 가속도가 붙으면서 자신을 파괴하는 힘에 이른다.

점점 속도가 더해지면서 자기 파괴를 넘어 부딪히는 모든 것을 망가뜨릴 의지가 된다.

그 짧은 순간에 돌은 추락이 추락을 극복하고 분노가 분노를 극복하고 마는, 축소가 축소를 극복하고 쇠퇴가 쇠퇴를 극복하고 마는, 맹렬한 힘의 속도가 된다.

둥근 유리 전구

꺼져 있는 옛 라디오 옆에
소켓에서 빠진 채 내팽개쳐져 있는.
그러나 꼭지쇠를 축으로 작은 곡선을 그리며
왕복 회전하며 달그락거리는 투명한 둥근 유리 전구.

언제 멈출까, 생각해보지 않은 듯
달그락달그락 어둠을 찢어내는
달그락달그락 고요를 파고드는.

잘못 키워둔 볼륨에
옆방 라디오의 다급한 비명이
화들짝 벽을 뚫고 넘어올 때
놀라 스위치를 황급히 꺼버리는

보이지 않는 손
을 상상하는 벽지나 창문
라디오 따위

아무것도 없다고 생각할 때도
전구는 멈추지 않고 원의 사분의 일 정도의 궤적을 그리며
달그락달그락 목제 탁자 위를 왕복한다.
보는 아무것도,

장면을 상상하고 기록하는 아무것도
없을 때도,
내부로부터 외부로 느낌은 퍼져나간다.

연필

수백 년 된 나무 앞에 서면 경이롭다.
말하지 않아도 전해지는 어떤 의미가 있다.
매년…… 잎을 틔우고, 우거지고, 색채를 켜고, 떨어뜨리
고, 앙상하게 단아하다……
수백 번 거듭했음에도 바람에도 물에도
흙에도 처음인 듯 느끼고 반응한다.
그게 나무의 가치다.

나무의 가치는 나무의 정신이고, 나무의 정신은 나무의
마음이다. 나무의 마음은 나무의 느낌이고 반응이다. 나무
의 느낌과 반응은 나무의 힘이다. 나무의 힘은 섬유질의 힘
이기도 하다.

그러나 나무의 마음은…… 나무의 가치는……
그렇게 이야기될 뿐…… 그게 아닐 수도 있다.

수백 년 된 나무 앞에 서면 기가 질린다.
책상 위에 연필이 놓여 있다.
연필의 힘은 섬유질이고 나무의 마음과
다를 바 없지만 연필이 연필심과 관계할 때,
책상 위나 주변 다른 것들과 관계할 때,

연필의 정신은 나무와 다르다.

말하지 않고 실행하는 어떤 행위가 있다.
그게 연필의 가치다.
책상을 아래 두고 연필은 경이롭다.
그게 연필의 마음이다.
손가락이 감싸면 연필은 기 막힌다.
그때 연필의 가치는 손가락의 정신이다.

그러나 연필의 마음은…… 손가락의 정신은……
표상 불능의 어떤 실행 속에 있다.

안경을 위한 한 조각

벗어놓은 안경은
무언가를 본다.

눈이 없는 유리
소용돌이 안에.
나선형 계단
아래. 너의 뇌
시각겉질에까지.

시각은 저를 본다.
자기로의 회귀.
자기 집중.

사소하더라도
안경이 자신을
본다는 것.
유리가 제 바깥에
유리로 선,
유리체에 돌출 렌즈.

네가 자신을
볼 때 너를
빠져나오는 눈.

눈을 바라보는
상상의 눈,
안경. 너는
시신경로의 교란.

안경은 무언가를
본다. 눈 없이

유리를 지탱하는
안경테. 너는
그것의 힘줄 하나였다.

산양의 뒷다리
힘줄 센.
벗어놓은 안경은
저를 본다.

연한 갈색
책상 위
뒷다리로 버티는
안경. 신호를 켠
두 반짝임.

장갑을 위한 한 조각

손이 빠져나간 장갑은 풍성한 치맛자락
을 펼치는 가시덩굴 옆 거친 돌 손바닥
위에서 잠 속에 버려진 듯 미동도 없다.

장갑은 잠을 이용하여 침묵을 떠들게 만든다.
파리떼의 날갯짓에 놀란 햇빛이 웅웅거리며
폭풍을 예감하는 작은 구름을 흐트렸다 모았다 한다.

그것은 구겨져 가만히 있는 장갑이
침묵을 이용하여 언쟁하고 독백하고 비속한
혼잣말을 시끄럽게 지껄이는 광기 찬 광경.

죽은듯 미동 없는 장갑이 퍼뜨리는 세력의 영향.
햇빛이 깨어나 번쩍이고 구름 사이로 반짝이는 파리떼
의 번개.
곰팡이 슨 흰 고요에 갇힌 멍한 시간이 끔찍이 생생해진다.

피아노

고요와 소란이 음악을 빚는다.

침묵이 천리향이리라.

이 눈멂이 네 건반이리라.

눈의 흩날림은 네 피아노포르테.

너는 네 바깥으로 도망쳐

네 눈꺼풀을 두드리는가, 빛이여,
너는 정적이 아니었네. 색채였네.

음악 안감의 신비를 이끈 것.
서향이 어땠는지 생각하렴.

너는 백서향 잎들 사이에 산다.
빛들이 너를 향해 두드렸던
흰색 음향들을 검은 불안에 쌓으렴.

뱃머리

뱃머리는 배의 두뇌일 것 같고, 정신과 한층 가까울 것 같다. 배의 앞에서 지휘할 것 같지만, 조타실이 조종하고 뱃머리는 첨단에서 위험과 굴곡에 가장 먼저 던져질 뿐이다.

뱃머리의 꿈과 내면의 이미지는 짙은 잉크빛이다.

이것은 비유가 아니라 뱃머리 내면의 어떤 이미지인데, 뱃머리는 백지 위를 마구 휘젓고 다니는 펜촉이다. 이 이미지는 뱃머리가 겪고자 하는 것과 겪는 것 사이의 연관성이다. 이때 뱃머리는 배와는 독립적인 정신이다. 의지가 있는 것과 없는 것이 무엇인지 깨닫게 된다.

뱃머리가 하루에 네 번 출항한 날,

이상하게 흔들리고 진동하는, 마음으로 쏟아져 들어오는,

뱃머리는 그를 사로잡는 바다 내면의 비전이었다.

순수하고 강렬한 색상, 완전하고 미친 듯한 햇빛과 빛을 감싸는 검청색의 반복하는 패턴. 끊임없이 변화하고 진동하는 색상, 기하학적 형태, 선과 기호의 구성이 나타나고 반복하며 새로운 패턴으로 진화하여 그의 의식을 사로잡아 그의 정신의 일부라고 느껴지는 어떤 것이 끊임없이 그에게 부닥쳐 왔다.

뱃머리가, 아니 펜촉이,

"너는 쏟아지는 너 자신이다, 너는 급류다, 너는 잠수에서 부양하며 숨을 헐떡인다, 너는 익사한다"라고 쓴다.

다급하게 쫓기듯 혼란스럽고 모순되는 충동이 그를 옭아맨다.

끝없는 고랑에 걸려 넘어지고 갇힌다.

펜촉이 혀를 길게 빼고 헐떡대며 '할 수 없는' 앞에 수십 개의 낱말을 열거한다.

지금까지 열려 있던 바다의 액체가 순식간에 완전한 침묵의 고체로 닫힌다.

바다가 뱃머리를 때리고 덮친다. 뱃머리는 모래가 되어 수많은 모래알 속에 모래알로 던져져 찾을 수 없다.

뱃머리는 길을 잃었다.

플랫폼에 트럼펫의 날카로운 소리가 남고 점점 빠르게 달리는 기차의 차창에서 어떤 메아리가 여운을 길게 빼고 점진적으로 소실된다.

뱃머리의 정신은 반향이란 걸 갑자기 깨닫는다.

뱃머리, 아니 펜촉은

통로, 백지의 고랑, 바다의 통로가 된다. 통로가 머리를, 뱃머리를 샌드페이퍼로 문지른다. 기계적으로 맹렬하게 문지른다.

선으로 채워지는 백지들, 절벽이 되어가는 바다.

백지가 펜촉을 쓰러뜨린다. 바다가 뱃머리를 삼킨다.

계속해서 쓰러뜨리고, 쓰러뜨리고, 삼키고, 삼키고, 삼킨다.

용골이 뱃머리를 끌어당긴다. 뱃머리가 산산조각난다.

불안의 바다에 끊임없이 동요하는 뱃머리의 정신은 상상할 수 없는 잔인함으로 뱃머리를 무효로 만든다.

조각난 파편으로 남을까 생각하지만, 생각은 수축하고 진동하고 제거되어 결국 무효로 돌아가고 만다.

무효는 축성을 표시하는 조금씩 스러지는 종소리로 사라진다.

투명한 유리

투명한 유리.
너는 너를 부정하도록
너를 떠민다.

멀리 먹빛 산을 배경으로
잎 떨어진 큰 감나무에
하나 남은 감이

가지 끝 노랗게 선명.
새벽 속의 눈.
추위 속에 노란 숨.

너를 떠미는
너를 부정하는 유리.
투명함을 흐리는 숨 깃털.

또하나의 너
습기가 유리의 일부가 된
네가 너를 긍정하는 반투명.

빗물받이 홈통을 위한 한 조각

이 세상에는 없는 비탄의 새.
그것은 창문에다 밤나방의 야간 비행을 그린다.
그것은 제 비탄을 떨어지는 빗물에 매달아둔다.
노래는 처마에서 빗물받이 홈통으로 떨어지며
양철 부리 휘파람으로 이 세상에 없는 슬픈 새를 부른다.

그것은 이 세상에는 없는 길 잃은 숲의 무력한 증기인가,
없는 새에 반향하는 텅 빈 몸통에 흐르는 물방울의 구절
인가?
숨 끊는 물방울들이 양철 지붕을 얼마나 하나하나 작곡
했는지
빗물받이 홈통은 무반주 비탄으로
검은 머리통의 밤이 잘린 죽음일 뻔했다.

달을 위한 두 개의 모음

달의 감수성

네가 보고 있는 달은 지구로부터 38만 4천여 킬로미터 떨어져 있고, 지구 서른 개를 합친 거리에 있다.

네가 눈으로만 감각할 수 있는 달은 실은 네 경험 바깥에 있다. 물론 1969년 인간이 만든 최초의 유인우주선이 달에 착륙하였고, 승무원 닐 암스트롱이 달에 첫발을 딛고 인간의 신체감각으로 달을 첫 경험 하였지만. (과연 진공 밀폐된 우주복 안에서의 몇 발자국으로 달을 경험했다고 할 수 있을까?)

달은 소량의 산소, 규소, 알루미늄, 칼슘, 철, 마그네슘, 타이타늄…… 등과 인, 탄소, 질소, 수소, 헬륨…… 등으로 구성된 물질이다. 그것도 지표면의 구성요소일 뿐, 달덩어리에 대해 인간은 알지 못한다. (미래에 과학적 사실이 훨씬 더 축적되더라도, 네가 너 자신을 완전히 알 수 없듯 지식은 달의 비밀에 완벽하게 다가갈 수 없다.)

달은 한 시간에 16㎞ 정도 자전하고, 1초에 1㎞ 정도 지구 둘레를 돌지만, 행성 간의 물리적 사실일 뿐.

네가 달을 볼 때, 달은 너를 보고 있지 않다.

네가 달을 보고 있을 때 달도 너를 보고 있지만, 네가 보는 방식과는 전혀 다른 방식으로—네가 너를 중심으로 달을 보듯 달도 달을 중심으로—너를 본다. 가령 네가 빛을 이용해 눈으로 본다면 달은 태양빛을 반사하는 빛을 통해 표면

— 전체로 너를 본다.

　네가 지구의 아주 작은 먼지의 한 부분으로 달을 보듯, 달은 지구를 보면서 가끔 수많은 먼지 중 하나의 먼지를 느낄 수도 있다.

　아, 작디작은 먼지를 향해 빛나는 달의 감수성이여.

달 작업실

꿈틀거리듯 달 표면의 평원은
미세한 가루로 덮여 있다.
달 작업실 한쪽 벽에
크고 둥근 창이 있어
소파에 앉아 가끔 어두운 하늘을 본다.

캄캄한 구릉이 오르내리며
엇갈려 겹치는 아름다운 선들.
이곳은 기이하고 황량하지만
멍하니 별과 월석을 바라보는
평화로운 진공에 잠겨 있다.

달에서 보는 지구는,
친숙한 기억의 이질적이고 불편한 형태로,
거기 지평선에,

멀지만 아주 가깝게

회전하고 있다.
책상에, 스탠드에, 컴퓨터에, 필기구에, 노트에
나란히 연결된 생체의 부분들.
비인간들의 도관에 네 혈관을 묶는다.

II

카메라를 위한 두 조각

1

네 마음속에 떠올리는 풍경을 표상으로 프레임을 맞추고 앞에 있는 실제 풍경을 기술적으로 재단하더라도

사진은 찍는 순간, 네가 아닌 카메라가 생각하는 것을 찍는다.

카메라가 찍어 보여주는 너는 네가 아니고, 그 나무도 그 나무가 아니다. 풍경은 그저 사진으로 존재하는 그것들이다.

사진 속의 그것은 너와 닮은 것이 아니다. 너를 모방하지 않고 풍경을 표상하지 않는 고집스럽고 객관적인 그것이다.

그렇게 카메라는 네가 생각하는 것과는 완전 다른 방식으로 생각한다.

사진을 보고 인간의 방식으로 이해하는 것은 카메라가 생각한다는 것에 대해 일방적으로 무지하다는 것뿐만 아니라

눈앞에 두고 자기 손으로 조작하면서도 카메라는 없다고 우기는 이상한 방식이다.

2

디지털카메라는 항상 눈에 보이는 걸 그대로 찍는다는 착각을 일으킨다.

찍힌 결과물이 눈으로 본 것과 매번 다르다는 걸 인간의 마음은 안다.

뷰카메라는 사진이 눈에 보이는 사실이 아니라
카메라가 보는 사실이란 걸 매번 자각하게 한다.

사진가는 어떻게든 카메라가 보는 것을 자신이 보는 것과
최대한 유사하게 만들려고 카메라를 조작한다.

디지털카메라든 뷰카메라든 사진은 인간적 사실이 아니다.
카메라가 보는 사실은 카메라의 마음이다.

사진은 찍는 자의 눈의 위치와 보는 자의 눈의 위치를 일
치시킴으로써
찍는 자의 마음을 보는 자의 마음으로 확대하고 공명하
려 한다.

그러나 그건 사진을 하나의 전체로 보는 인간 마음의 번
역이다.
카메라는 전체보다는 사물 낱낱의 세밀한 분리를 강조한다.

사진 속 수영장의 물은 일정한 패턴으로 구겨진 파란 비
단 천이다.
줄지은 나무들 옆 모래 위를 흐르는 강물은 한 방향으로
금이 간 거울 위에 그것들을 거꾸로 비춘다.

ㅡ　어느 날 어떤 시간의 한산한 거리 풍경은

　주유기와 주유기에 매달린 케이블, 녹색 거리 표지판, 불
꺼진 가로등 아래 파란색 플라스틱 쓰레기통,

　건널목 표시 흰 페인트를 침범한 낡은 검은색 타이어……
등등.

　사진의 풍경은 분리된 사물들로 분해된다.

사다리를 위한 한 조각

사다리는 언제나 빈 공간을 품는다.
사다리는 하늘로 올라가는 길은 아니다.
사다리의 빈 공간에는 무엇이든 들어왔다 나갈 수 있다.

철 사다리와 나무 사다리는 같은 사다리지만 완전히 다
르기도 하다.
철 사다리는 높고 맑은 소리를 공중에 울리기를 좋아하고
나무 사다리는 침묵하며 나무의 싱싱한 잎들을 조용히 바
라본다.

사다리는 이곳에서 어딘가로 이어지는 길을 만든다.
길의 끝은 정해져 있지 않고, 그래서 사다리 타기는 재미
있다.
사다리는 이편에서 어딘가로 넘어가기 위해 경계에 걸치
기도 한다.

사다리는 거추장스럽다.
접어 작게 하려는 마음이 거기서 생긴다.
그 마음은 사다리의 마음은 아니다.

무엇에 요긴할 일은 드물지만, 그때만 사다리는 사다리다.
대개는 없는 듯 있다.
비에 젖고 풀들이 기대고 새가 앉기도 하고 천천히 녹슨다.

빵과 돌 사이에

거울 앞에 빵이 있다.
빵과 거울에 비친 빵은 닮았다.
닮았다는 건 같지 않다는 것.
유사함을 요모조모로 따져보지만
*같다*에는 도달할 수 없고
그럴수록 다르다는 게 강조된다.

빵과 돌 사이에 거울을 둔다.
빵은 돌같이 생겼는가?
돌은 빵같이 생겼는가?
거울은 비유법이 되어 둘을 섞는다.
거울은 빵의 비유인가, 돌의 비유인가?

인간과 사물 사이에 거울이 있다.
그 거울은 인간의 거울이 아닌
사물의 거울이 될 수 있을까?
사물과 사물 사이에 거울이 있다면

사물과 사물과 사물이 있다면
사물과 사물과 사물은
각각의 사물로 거기 그렇게 있다가
거울이면 서로 접근하는가, 마주 미는가?

거기 왜 그렇게 있는지 묻지 않는다.
빵보다 돌이 훨씬 더 오랜 시간 있다.
단단함과 물렁물렁함의 차이만은 아니다.

돌은 빵 위에서 짓누르지 않으려 애쓴다.
돌의 의지는 아니다.
돌 위에 빵이 있으면 안온하다.
빵의 느낌은 아니다.
돌과 빵 사이에 생긴 안정감이다.
빵과 돌 사이에 아름다움의 의지가 있다.

식탁보를 위한 한 조각

식탁보는 손수건이 되어 네 호주머니 속에 접혀 있고 싶다.

식탁보는 사라져버린 별들을 찾아가는 구름이 있는 하늘을 펼쳐 보이고 싶다.

식탁보 아래로 저녁의 뿌리가 빠르게 자라 트럼펫소리와 클랙슨소리가 엉킨다.

식탁보 위로 잎이 무성한 가지의 나무가 있고 파라솔은 없다.

식탁보 위로 지나치게 전지한 토르소처럼 외로운 네 팔과 등이 기대어 있다.

유리가 깨지듯 물이 쏟아지고 네가 갈 사방 길들이 도르르 말려 치워진다.

벌거벗은 시간과 장소가 조명이 켜지듯 지금 너를 응시하고 있다.

온도조절기의 한 부품

너는 온도조절기의 의식에 대해 말할 수 있다.

바다의 깊은 한기에 자신의 머리를
수장한 채 거꾸로 서서, 뒤집힌 배의
녹슨 바닥을 물의 질료 외부로 내밀어
불안한 공기를 숨쉬는 빙산

을 자기로 비유하고 상상하며 공감하는
온도조절기는
수면에 비치는 빙산인 양
순식간에 (의식이 그런 것처럼)
높쌘구름에서 멀리 떨어진 곳에 정거하면서,
그곳에서 얼음 알갱이가 쌓는 거대한 적란운과

달을 등뒤에 진 반투명한 고운 층운
사이에 있(다)……는
온도조절기의 의식은
어두운 바람 주위를 돌고 있다.

너는 네가 무엇을 말하는지 모른다.
모르면서도 광환 패턴 비교 알고리즘을 사용하여
너는 온도조절기와 구름과 빙산의 대화에 참여한다.

유리잔을 위한 한 조각

유리잔에는 산보다 낮은 언덕이 있습니다.
고개 숙인 언덕은 파란 풀을 뜯어먹는 열중한 말의 긴 목입니다.

유리잔은 일생을 마감한 무덤을 마침표로 얹고 있습니다.
유리는 영원에 저항하는 물성입니다.

무덤 둘레에는 순한 유령을 위해 쌓은 낮은 광물 담장이 있습니다.
유리에 무늬지는 하늘은 청색에 침입하는 구름입니다.

녹은 유리에 바람을 불어 둥글게 부풀린 언덕이 전속력으로 달리는 말의 청색 등입니다.
여름이 거죽을 말리는 언덕에 날 선 억새 갈기가 차갑고, 발굽이 깨진 유리 갑충이 반짝입니다.

시계를 위한 하나의 파편

죽은 채 활짝 벌어진 시계 앞에서
당신은 시간의 죽음을 너무나 잘 안다는 듯이
수리용 접안렌즈를 끼고 핀셋으로
민감하고 내밀한 부분들을 건드린다.

잠든 것과 죽은 것이 같다는 듯이
'잠'과 '죽음'을 혼용해서 말하는 당신이
선명하게 빛줄기를 뻗는 정신으로
활짝 벌어져서 잠든 은밀한 부위를 뒤적인다.

죽은 시간 내장에서 죽음이 열리고
죽음과 시간은 설계한 톱니바퀴에서 맞물린다.
하지만 언제나 그렇듯 죽은 시간은 시간이 아니다.
시간은 다른 모든 것들의 시간이 맞물리는 빛의 반짝임
이다.

다이빙대

너는 다이빙대에 대해서가 아니라,

다이빙대로서 너 자신을 알려고 한다.

너의 엄지발가락이 다이빙대 끝을 아슬아슬하게 움키거나, 네가 다이빙대의 혈관으로 흘러들어가는 혈액일 필요는 없다. 너 자신이 벌써 오래전부터 다이빙대이다.

다이빙대인 너는 아래 수심이 깊어 보이는 파란 물을 보지 않는다. 파란 물은 네 앞 캔버스에 그려진 그림이다.

그림은 어디 걸려 있는지 알 수 없고, 너는 더이상 보지 않고 물감 속을 헤엄칠 거란 걸 안다.

다이빙대는 뭔가를 뿌려버리는 충동이 있다. 다만 좀전에 파란 물감 덩어리이던 물이 거친 물결의 바다가 되면서 다이빙대는 무방비한 코르크 마개로 요동치며 바다를 뛰어올라 전신주에 세게 부딪히면서 자동차 한 대가 급히 지나간 검은 아스팔트 위로 무참하게 쏟아진다.

그러니까 너는 하나의 다이빙대로서 다이빙대를 알기 위해 다이빙 선수가 될 필요는 없다.

그러나 너는 다이빙대로서 다이빙을 알기 위해 수학을 사용하기로 한다. 우주가 우주를 알기 위해 수학을 사용했던 것처럼.

하지만 수학이 우주의 정체를 조금 밝혔는지 몰라도 우주는 수학을 이용한 적이 없다.

그러니까 앙리 미쇼는 메스칼린을 이용하여 자신을 탐구한 적이 없다. 미쇼는 자신의 비물질을 이용하여 자신의 물질에 가닿으려 했다.

그러나 그 일은 의식의 경계에 서 있는 것만으로 가능하지 않다. 다이빙대에 서 있는 것만으로 다이빙대일 수 없는 것처럼.

하지만 다이빙대에서 점프하는 순간 의식은 없다. 전신을 부르르 떠는 다이빙대만 남는다.

그러니까 너는 다이빙대에 대해서가 아니라

다이빙대로서 너 자신을 말해야 한다.

피아노를 위한 두 조각

1

현과 해머, 나무 울림통이 내는 피아노의 물질적 소리는 너무도 맑고 높아 인간의 신체를 곤두서게 한다.

소름은 인간의 내부 그 너머의 물질들이 피아노의 물질적 소리에 반응하는 공명이다.

피아노 음악의 여정은 평균율로 조율된 인간의 소리에서 점차 물질의 소리를 되살리는 음렬주의로,

피아노 현 위에 볼트, 나뭇조각, 유리, 찰흙, 빨래집게를 올린 프리페어드 피아노를 거쳐

인간의 마음을 거부하고 순수한 물질의 소리를 회복하는 비인간들에게 잘 조율된 피아노에 이르렀다.

슈만이 모든 작품의 작품집이라고 했던 바흐의 *평균율클라비어곡집*은 물질에서 인간의 소리를 꺼낸다.

클라우디오 몬테베르디의 음악은 인간의 목소리를 연주하는 물질적 사랑이다. 목소리 피아노는 신체에 내재하는 물질과 정신을 매개한다.

*라 몬테 영*은 바람과 송전탑, 기차, 고압선, 변압기에게 음악을 되돌려줬다. *드림 하우스*는 물질의 집, 인간은 *드림 뮤직*의 매개체다.

2
피아노는
현, 목재 울림통, 해머,
자기 부품 들을
쌓아두는 곳.

음악 안에서
피아니스트를
점점 여리게
끄집어낸다.

사라지듯이
사진 한 장
피아니스트가
피아노 앞에
끌어안듯 엎드려 있는.

음악 없이
잘못 찍힌.

바깥에서 안으로
들어가는
피아니스트

눈에 아직 물기 어려
연결된

피아노
안에서 나온
음악은
손가락으로 너를
만진다. 들어보렴.

안에서 바깥으로
연약하게
밀려나온다.

들린 것이 자기 복제하듯.

망각의 영토*

돌을 망각의 영토라고 한다.
이것은 사실인가?
육지 끝에서 온갖 식물에 뒤덮인 채
돌은 포기하지 않고 서서 매번 바다를 만나고
멀리 수평선 너머를 바라본다.

망각은 작은 배에 돌을 가득 싣고 연안에서 멀어져간다.
또다른 세계에서 타오르는 불.
침묵을 끊는 놀람의 소리.
언제나 다시 꾸게 되는 꿈이 자신의 재 안에서 다시 꾸
는 꿈이
망각이라 한다. 이게 사실인가?

침대에서 돌이 솟아나고
불꽃의 정점에서 또다른 들판을 감춘다.
음악이 이 방 저 방으로 날아다닌다.
리듬은 질서다. 찢겨 버려진 장소는
망각이다. 돌로 막힌 이 장소는 사실인가?

* 트리스탕 뮈레유의 피아노 작품 〈Territoires de l´oubli〉. 소리
가 기호가 되고 기호가 소리가 되는 음악을 뮈레유는 망각에서 뽑
아낸다.

세 개의 모음

정글과 음악

정글을 나아갈 때는 최대한 소리 없이 나아가야 한다.
잎을 떨어뜨리거나 가지를 꺾어서는 안 된다.
정글을 통과한 무언가의 흔적을 남겨서는 안 된다.

오로지 앞을 향해 가는 것이 음악의 행보다.
미지에서는 뒤에 남은 숲을 돌아봐서는 안 된다.
숲을 몰아가는 힘이 음악의 정글이다.

소리는 내지 않되 아주 여린 소리에도 민감해야 한다.
정글의 잎이 떨리고 가시가 갸웃하는 미미한 반사가
미지의 나침반이며, 손가락 끝 민감한 미래다.

미지를 절개하고 비집어 열면 하나의 색깔이 문득
수많은 색으로 변모하는 앞이 닥쳐온다.
각기 하나하나의 색을 여는 것이 음악의 나아감이다.

손가락이 더듬는, 입을 반쯤 벌려 허밍하는,
귀에 피를 모으고 신경을 헤쳐나가는 음악의 정글.
음악과 음악 사이 미끄러지는 시간의 행보.

진짜 급진주의자

진짜 급진주의자 시인은 사물을
새로운 언어로 명명하지 않고
새로운 사물을 만들어낸다.

진짜 급진주의자 시인은 글을 쓰거나 말하지 않고
시가 사물에 접근하거나 사물이
인간을 읽고 기록하는 시적 공작물을 만든다.

시인은 쓰기에 열중하는 만큼 그것이 유일한 열정이 아
니라는 것.
시는 생각과 실행이 합치는 곳에
종이와 잉크와 낱말이 만나는 지점을 발명한다.

불

밤에 맞서 치열하던 등불이
날빛에 생기를 잃고 꿈에 든다.

그렇게 귀신은 백지에 얹혀
빛을 잃고 사라진다. 오, 글자

의 침묵에 숨어 소리 없이 빛나는 머리카락,
간결한 돌에서 샘솟는 불의 목소리여.

하루를 지배하는 생생한 샘물소리.
떨어지는 한 방울 불이 눈앞을 지나간다.

공에서 떨어져나온 하나의 파편

황혼 무렵, 벽에서 튕겨 나오는 공은
인간을 통해 망상한다.
라켓을 찾으러 간 공은
가지에서 갓 떨어지는 오렌지와
입맞추고 "내 탄력, 내 충동"
하듯이 요란한 넥타이 맨
빛의 꽁무니를 쫓아가
그 손에 입맞춘다.
음악이 인간의 감정에 설레듯 튀어올라
달콤한 순간은 사라진다.
어디선가 굴러온 공이
꿈꾸는 듯한 관현악 안에서 몽상하고,
파괴되었다가 다시 살아나고,
사라졌다가 되돌아오기를 되풀이하는
소리를 희롱하는 파도로 충만하다.
황혼녘, 버릇없는 아이는 바다의 유희 속으로 사라진다.

음악의 바다에 바다가 비치고
바다에 음악이 비친다

윤연준의 피아노 작품 〈무악〉의 리듬에 대한 이미지적 변주

눈 내린 숲, 겨울나무와 나무들 사이에
검은색과 흰색이
서로의 색깔을 곱게 하는 시선으로,

햇빛이 파란 침엽의 시선을 파헤친다.
쌓인 낙엽 위, 가지 위를 무겁게 덮은
하얀 눈의 시선을 햇빛이 파헤친다.

차가운 공기 속에 새로 눈뜨는 시선이
물기를 띤 반짝임으로
눈 녹아 사라지는 만큼의

물,
물체의 생겨남과 빛남 사이에,
물의 시선과 햇빛의 시선이

마주치는 시선 속에서
서로의 시선을 파헤친다.

〈무악〉에 부치는 작은 시

바다는 17세기까지 바닿였다.
바다〔bada〕 발음하면 ㅎ〔h〕 음이 배음으로 남는다.

바다에는 무한에 가까운 물방울이 있다.
물방울은 물방울끼리 합쳐 더 큰 물방울이 되기도 하고,
쪼개져 더 잘게 떨어져나오기도 한다.

물방울은 다른 물방울이 비친 영상을 담고 있고
다른 물방울에 비친 자신의 영상을 보기도 한다.

물방울은 하나의 힘이다.
각각의 물방울은 저마다의 벡터를 갖고 움직인다.

우글거리고 들끓는 움직임의 바탕에서
하나의 파도는 솟구쳐오르며
하나의 질서를 만든다.

하나의 파도가 일어나 스러지기 전에
또하나의 파도가 일어나
스러지고 파도가 일어나고 파도가
스러지고 파도가 일어나고……

그렇게 파도는 리듬이 되고
그렇게 바다는 무거운 덩어리를 깨뜨리며
저마다 다른 리듬들이 만나고 헤어지고
부딪치고 깨지고 녹아드는

바다는 리듬의 다양체다.
바다는 물방울의 다양체다.
바다는 힘의 다양체, 춤의 다양체다.

〈무악〉은 바다 위에 떠 있는,
바다 위에 정박하는 안개의 비행체,
구름의 비행체다.

음악은 바다가 가볍게 비상하는,
추상이 가볍게 비상하며 물방울의
입자들이 물질적 형태를 띠는 리듬이다.

바다가 바다 위에 자신의 영상인
음악의 형태를 띄운다.

음악의 바다에 바다가 비치고
바다에 음악이 비친다.

음악과 바다는 서로의 거울이 되어
서로가 서로를 비춘다.
樂에 巫가 비치고
巫에 樂이 비치는

$$\frac{樂}{巫} = \frac{음악}{바닿}$$

집을 위한 두 조각

1
비어 있는 하얀 벽이 꿈을 받아 모은다.
저편에, 열린 고통 앞에, 접시에,
그리고 음식에 꿈을 더한다.

지붕이 꿈을 보낸다. 나부끼는
하늘 창백한 뇌우가
흔들리는 대기를 꽉 깨문다.

비를 잡아당겨라.
빗줄기가 풀 뜯지 않는 양털과 논다.
비에 반대하는 탈색 먼지로 두어라.

두번째의 입김이 첫번
생의 집 아래에서 깨어난다.
죽음까지 짊어진 실로 감긴

꿈을 끌로 판다. 메마르지
않은, 벽을 지붕을, 가느다란 손가락
끝이. 빗방울, 그 집에 물의 이별이 서 있다.

2
무거운 세월처럼 하늘은 드리웠습니다.

하늘 위로 날아가는 것들은 없군요.
그리고 하늘 아래 무언가를 짓누르고 있습니다.

  늘 드나들던 익숙한 건물의 뒤편으로 돌아갔을 때
  그 낯섦은 그곳에 언젠가 아주 오래전에 있어보았다는
느낌.
  그곳에 무엇이 피었나요? 누가 사나요?

  건물이 내쉬는 텅 빈 내밀한 공터.
  숨의 흔적 위에 잊혀버린 구석이 살아요.
  그곳에 독 있는 식물들은 나날의 공백으로 까맣게 타 있
을 것입니다.

  누군가가 알려주어야만 했습니다.
  깊은 곳에서 오랫동안 기다려왔던 것.
  위안을 찾을 수 없는 일을 견뎌야 합니다.

  하늘 아래 초록 커튼은 닫혔고 건물은 잠들어 있었습니다.
  열기로 혼미한 벽만이 창백한 빛에 번들거립니다.
  무르익은 희박한 대기로 발효하는 황혼이 밀려옵니다.

두 묶음

넥타이를 위한 한 조각

넥타이의 기후는 무겁고 축축하고 달콤하다.
어둠의 파도에 물이 오른 부드러운 공단이 얼굴에 펄럭
거린다.
검은 상장(喪章)을 통해 바깥을 보는 눈은 어두운 회색
이다.
공간을 뒤흔드는 검은색의 영원한 버스럭거림.
귀로 들을 수 없는 넥타이의 둔한 화음은 덧창 같은 것.

사실 넥타이는 커다란 광장 같은 것.
비어 있는 광장에 급히 셔터를 내리는 가게 같은 것.
넥타이는 반만 실재하는,
침묵하는 얼굴에 안감을 대어 꿰맨,
다른 사람들의 관대함에 의존하는 온실의 대용품이다.

넥타이에는 진열장이 있고
전술적인 투명 유리창 앞에,
춤추는 무늬의 어스름 아래 섬세한 손길이, 카운터 뒤에서,
눈에 띄지 않게 가게에 들어오는 손님을 계산한다.
넥타이 안감이 넥타이에게 웃음 짓는다.

전보(종료)를 위한 한 조각

전보는 낡고 느린 기차로 온다.
전보는 채도 없는 회색빛 야트막한 언덕이다.
전보는 송달지 속에 잠자고 있다.

잠결에 저항 없이 벌어진 눈꺼풀처럼
전문은 이미 띠가 풀려 바스락거리며 새어나가고 있다.
어쨌든 그렇게 저렇게 살아가는 거지.

그게 알려진 내용의 전체이다.
눈 각인에 깊어진 전보지가 경고한다.
웃지 마라. 반쯤 열린 입술이 쓸쓸하게 웃는다.

찢어지지 않게 종이를 덧대고 전보의 입을 꿰맨다.
싸우다 지친 낱말들. 어쩌겠는가.
아니면 어쩌겠는가.

반항하는 생각은 거울 앞에 서지만
유리병같이 깊어지는 거울에 전문은 없고
서서히 차오르는 밀물의 불분명함만이 있다.

III

커튼을 위한 한 조각

하얗게 바래는 천장의
갈라진 주름도 목소리를 갖고 있다.

실내는 벽들에 막혀 있다.
목소리를 흰색에 꿰매야 하나?

주름들 사이 흰 천장의 한 겹 가면에서
독립해 나온 회반죽 부스러기가 떨어진다.

천장이 가면을 쓰고 있다는 이 사실을 폭로해야 하나?
흰 빛은 확신하고 있다. 무덤의 실내.

어떻게 나가라고? 어떻게 그럴 수 있지?
먼 커튼이 일렁이며 노젓는다.

창도 없고 창밖도 없는 벽을 가리며
어떻게 나가라고? 어떻게 그럴 수 있지?

흰 빛의 목소리를 켜듯 저편으로 생생하게
공기를 반죽하고 뒤집으며 살랑거리는 허구의 겹을 뽑아
낸다.

나비

너의 죽음 속에 나비를 들여라.
꿈은 나비들과 함께 숨쉰다.
나비들은 죽음에 들러붙는다. 숨 끊김
이후에도 날개는 형광빛 무늬를 남기고
수술용 칼날처럼 죽음은 반짝인다.
잠의 분홍색 페인트에 들러붙는
나비, 랩 다이아몬드, 유혹하는 검은색
공포. 이 모든 발광하는 눈부신 빛은
죽음의 화려한 장식으로 깨어난다.

두 개의 모음

무늬

네가 저 차가운 벽의 벽지가 되는 것에 절망할 필요도 우쭐할 필요도 없다.

너는 이미 저 벽지 무늬로부터 생겨났다.

어느 날,

어쩌면 조금 전,

네 피를 빤 후 무거워진 몸을 잠시 쉬고 있는 모기를 네 손바닥으로 후려쳤을 때

벽지를 물들인 피의 영향으로 무늬가 살아

움직이는 사람이 되었다고 추론할 필요도 없다.

너는 너에게서 사람을 뽑아버리리라.

네가 중요한 사람이라는 핏자국을 지워버리고

너였던 저 무늬로 돌아가리라.

너였던 저 무늬로 남으리라.

어느 날,

너는 반복하는 무늬다.

어쩌면 곧,

반복하는 무늬 중 어느 무늬가 너인지 알지 못하게 되리라.

무늬는 코웃음치며 무늬를 반복한다.

네가 무늬를 보는 느낌이 아니라

무늬가 무늬로 뻗어나가고 펼쳐지는 느낌이, 여기 있다.

햇빛과 언쟁하는 식물의 입술들이여

겨울이 달려가는 방안에 햇빛이 가득하다.
식물의 삶이 초록빛에 생기를 더하며
네 안으로 들어온다. 파충류의 피부에
밀착된 햇빛의 삶이 따끈한 열기에 잠긴다.

텅 빈 반짝임이여, 허물 벗는 네 입술 위를
달려 뱃속이 싸한 내부의 내면으로 들어오라.
초록색 윤이 나는 잎은 이구아나 부동의 몸으로 방 벽에
육신을 내맡겨 햇빛과 그림자의 정물이 되기를 바란다.

벽지 무늬 삶이 눈뜨면 어떤 싸늘한 이빨들이
둘러싼 방안이 아니길 바란다. 햇빛과
언쟁하는 식물의 입술들이여. 너는 몇 시간이고
잠든 듯 부동하다가 재빠르게 내면으로 숨어든다.

두 개의 조각

돌

인간은 인간이 볼 수 있는 것만 볼 수 있고, 볼 수 없는 것은 볼 수 없다. 그리고 자신이 그것을 볼 수 없다는 사실을 알 수 없기에 볼 수 있는 것만이 그의 세계다.

비인간인, 가령 돌 또한 마찬가지다. (여기서, 돌은 눈이 없어 보지 못한다고 반박하겠지만, 감각기관이 있는 유기체만 지각한다고 단정할 수는 없다. 돌이 비에 젖고 햇빛에 반짝이는 것을 물리적 현상이라 한정 짓지 말고 돌의 지각이라고 볼 수는 없을까?)

그리하여 인간의 세계와 돌의 세계는 완전히 다른 세계이다.

그렇듯 세계는 하나의 세계가 아니다. 수많은 인간의 수많은 다른 세계가 있고, 수많은 돌의 수많은 다른 세계가 있다.

세계는 객체 그 자체가 아니라 인간과 비인간 객체들이 각기 다르게 반응하는 객체에 대한 객체다.

그럼에도 세계는 실재적 객체다.

인간은 지구에서 돌보다 그 공간적 밀도가 낮으면서 개미보다 그 숫자가 적으면서 지구를 인간의 세계라고 착각하는 반면

지구는 우주라는 객체의 그 무한한 광대함으로 인해 보이지도 않을지 모르나 우주라는 세계 안에 있다.

비인간

어둠만이 어둠에 저항하고
절망만이 절망을 이긴다.

어둠은 불확실성과 두려움이지만
어둠은 행동이 이루어지는 장소이다.
어둠에서 정신과 느낌의 매끄러운 검정이 빛난다.

밖에서인지 꿈에서인지 분명치 않지만, 부딪치고 자빠뜨
리고
잡아당기는 비인간들을 더듬거리며,
아! 그들과 함께 있다.

돌을 위한 세 개의 파편

돌

돌은 무엇을 하지는 않았지만
장미 묘목 아래 칠 년간 있었다.
어느 날 인간 손에 들려
택배 상자에 담겨 노란 목재
책상 위로 옮겨졌다.

책상 위 흰 스탠드 램프
옆에 몽블랑 잉크병이 놓였고
그 옆 검은 돌과 흰 돌이
놓인 곳에 나란히, 붉은 기운이
옅은 갈색 돌로 놓였다.

거기가 아닌 여기란 걸
돌은 분명히 느끼겠지만
이런 자신의 수동적인 이동을
폭력으로 느끼고 있을까? 램프 빛을 쬐며
태양을, 장미 향을 그리워할까?

돌 두 개

너는 위룽쉐산 해발 4,300m, 비와 진흙길이 끝나고 자갈

과 바위, 그 위에 만년설이 덮기 시작하는 지점에서

맨 먼저 너와 눈이 마주친 주먹만한 돌 두 개를 집어왔다.

너는 한 존재가 수십만 년간 있어왔던, 혹은 그보다 더 오랜 시간으로 추정하는 거처를 한순간에 바꾸어버렸다.

돌도 그것을 안다.

그것을 아는, 지금 책꽂이 선반 위에 있는, 돌의 마음은?

마음은 마음이 안다는 것을 마음이 아는 것이다.

기계는 기계가 안다는 것을 기계가 알려면, 기계에 또다른 기계가 덧붙어 연결되어야 한다.

마음은 여러 요소로 나눌 수 없고 이미 완전하다.

완전함은 마음이 예측할 수 있는 임계치를 넘어서 있어

마음은 마음을 예상할 수 없다.

기계의 복잡함이 임계치를 넘어 마음이 예측할 수 있는 규모를 넘어서는 복잡함이라면

기계는 마음이 예상할 수 없는 마음일지도 모른다.

그렇다면 한 존재의 갑작스러운 거처 이동은

한 존재의 임계치를 넘어서기에 충분할지도 모른다.

네가 전혀 예상치 못할 마음으로

돌은 너의 마음을 느낀다.

질문의 시

죽는 순간에 진정 행복할 수 있을까?

불행은 지속의 중단에서 오는가,
생명을 끊는 순간의 고통에서 오는가?
아니면, 모든 관계의 절단에서 오는가?

산정에서 수천 년 동안 지속해온 돌에게 죽음이란 무엇
인가?
돌의 그 느낌을 공유할 수 있을까?
돌의 그 의연함으로 이동할 수 있을까?

강변에서 돌 하나를 주워 책장 책들 앞에 올려두었다.
강변의 물, 빛, 눈, 나무, 짐승, 곤충, 바람과의 관계가
끊긴
돌의 느낌은 어떤 것인가?

돌의 죽음은 언제인가?
돌의 죽음은 어떤 것인가?
죽음은 순간인가?

고란초를 위한 한 조각

이것은 환희인가, 이것은 탄식인가, 이것은 기이한 너의 절벽인가?

이렇게 창백한 저녁의 어스름을 고란초와 함께 두어라.

빛은 소리 없이 너를 들어올린다. 너를 붙잡는다.

네가 참지 못했던 것, 그것은 사라지는 저녁 빛.

너의 시야에서 금방 사라졌던 파도를 딛는 하얀 물방울 빛.

빛은 절벽의 터지는 밝음을 더이상 가두지 않는다.

빛은 절벽을, 최대한 높이 뛰어오르는 절망을, 더이상 가두지 않는다.

검은눈방울새를 위한 한 조각

너는 조용히 네 죽음을 설계한다.
어둠이 오기 전, 빛은 줄기에 스며 꽃이 된다.
꽃은 입으로 노래하듯 네 얼굴에 매달린다.

네 꿈들은 검은눈방울새의 노래로 연명하였기에
네 가시덤불 속에서 뜨거운 화관들이 자신을 주장한다.
네 머무름 곁에서 다년초들이 자갈 뺨을 설득한다.

양귀비 피 옆에서 독으로 생기를 얻었다.
제 심장이 보이는 열린 창가에서 너는 너를 넘어선다. 너를
향나무 비늘잎과 맺어주기 위해 새의 부리는 비밀을 껴
안았다.

미루나무를 위한 한 조각
—김창태에게

  구름의 방들에 물방울 거울과 치유하는 시간의 무늬들.
  물 눈썹으로 짠 부채에 걸어둔 연노랑눈썹솔새가 고요를
말린다.
  나뭇가지들의 수많은 촛대에 불꽃이 피기 시작하면
  구름의 새장들은 거대한 화염에 휩싸여도 되는가?
  미루나무 한 그루의 움트는 붓이 구름 군락을 산란하는
대기에
  뿔 달린 짐승들이 서 있다. 울퉁불퉁한 구름을 걸친 하늘
이 무겁다.
  한 번도 몰락을 겪은 적 없는 저녁 빛이 길 위에 울려퍼
진다.
  구름의 씨방들은 거대한 화염에 휩싸여도 되는가?
  미루나무 꼭대기에 걸린 저녁에 밀물의 흔적이 남는다.

배롱나무를 위한 한 조각

눈앞에 배롱나무 배롱꽃.
배롱나무 가지 위에 노을 구름.
한 꽃송이는 하나의 눈빛.
연붉은 눈빛 다발 반짝이는 물빛 분무.
한 꽃이 닿을 듯 한 꽃으로
눈빛이 눈빛을 건너갈 때
깊이를 알 수 없는 심연 속으로
꽃은 꽃을 밀어넣는다.
딱딱한 정적을 찌르는 날름대는.
너에게, 네 붉은 입술 벌리며 미끄러지던.
뱀에게, 네 눈 속으로 자맥질했던, 눈빛에게.

유도화를 위한 하나의 파편

바늘 아래서
떼어낼 수 없었던 진초록
아름다움의 절망.

유도화의 오후는 불분홍
끝없이 늙어가네.
후덥지근한 벌꿀빛

너무 오래 살았지.
저 경멸받는 유리잔은
식물의 깨진 창이었네.

벗어나야 한다. 바라보는 인간
눈의 뒤섞임에서. 가까운
치명적인 독. 꽃이 찾아낸 잃어버림.

새를 위한 한 조각

아기 무덤 옆 새. 새 새.
속이 없을 정도로 가늘게. 새.
새 새 속 정적, 그곳에 바람이 서 있다.

하얀 모래.
기름이었지. 불꽃과 함께.
바깥을 향해 불꽃 속에서
끝없음 쪽으로.

바람이 아닌데도 바람을 표시하는 새. 새 새.
눈물을 헤엄쳐 지나치는 서쪽 하늘.
무거워라. 눈감은 섬의 꽃들.

중심을 열면,
무더운 객실을 지나 그 깊고 향기로운 곳에서
하얀 모래를 뒤척이는 잠든 승객들 사이로,
별들이 창을 연다.

부목을 위한 한 조각

인간은 가진 것이 아무것도 없다.

주변의 나무를 자기 것으로 만들고 톱질해야 한다.

해변에 밀려온 부목은 침몰한 배의 어떤 부품에서 풀려났음에도

온 우주와 연결되어 있던 나무로서의 생기를 간직하고 있다.

삶은 고통이고, 고통에서 벗어나면 아무 의미도 없으리, 인간이 반복할 때

나무는 고통을 비껴 지나 멋진 구부러짐으로 고통 옆에 나란히 조화를 이룬다.

어떤 인간이 폼 잡는 심각한 표정으로 나무의 편에서 말하지만, 말은 한 번도

나무와 인간 사이를 매개하지 않았다.

인간은 삼백 년 된 나무를 쓰러뜨리고,

앞으로 삼백 년간 비어 있을 하늘을 슬퍼하지만,

나무는 남은 그루터기에서 가녀린 가지와 새잎을 피워낸다.

나무에게도 마음은 있다. 말하지 않고 슬퍼하지 않을 뿐.

두 묶음

담쟁이덩굴

덩굴손의 빨판이 흡착하여 붙잡는
착지의 길은 햇빛과 수분을 만나기 위한
담쟁이덩굴의 결단과 선택이다.

담쟁이덩굴의 정신은
컴퓨터 네트워크 프로그래밍의 패턴과 닮았다.
담벼락에 무늬지는 햇빛과 물의 리듬,
정도의 차이가 내는 진동을 덩굴손은 느끼고 기억한다.

인간의 정신이 지하철 노선을 설계하듯
담쟁이덩굴은 담과 절벽에 생존을 위한
정신의 지도를 그리며 너머를 향해 나아간다.

바람

바람이 덮어쓴 외피는 가면이다.
나비를 쫓던 어린아이가 바람을 잡으러 달려간다.
바람은 소리가 없다.
문틈이나 벌판을 가로지르는 전깃줄, 나무들을 지나칠 때
들을 수 있다면
그건 바람소리가 아니다.

문틈이나 전깃줄, 나뭇가지들의 소리인가?

문틈이나 전깃줄, 나뭇가지들의 얼굴을 뒤집어쓴 바람인가?

바람은 얼굴이 없다.

보리밭이 일렁일 때 바람을 본다.

일렁이는 보리밭은 바람의 얼굴인가?

문틈을 빠져나갈 때 보리밭을 지나갈 때 바람을 잡을 수 있다.

예상하고 바람을 잡으려 할 때 바람은 없다.

가면의 뒤편은 없다.

바람을 대신하는 나타남만이 있다.

(큰 나무를 뿌리째 뽑아버리는 폭풍의 어마어마한 위력을 알고 있듯)

바람은 있다.

바람을 잡으려는 것과 함께

바람은 얼굴을 바꾼다

바람을 잡았을 때 잠시

바람이 빠져나가는 문틈이나 보리밭의 일렁임을 잡는다.

꽃마리

연한 하늘색 꽃마리. 들이나 밭둑은 꽃마리에 기댄다. 너무나 기대기에 이제 들이나 밭둑은 없다.

7월 하늘 아래 꽃마리. 땅에서 아주 낮게 떠 있다. 그래도 꽃마리는 하늘에 속한다. 너무나 속하기에 이제 7월 하늘은 없다.

웅크렸다 펼쳐내는 꽃마리. 지금 네 마음에 너무나 가련한 장애물.

꽃마리가 자기 자신에게 기대듯 네가 꽃마리에게 너무 기대기에 이제 너는 존재하지 않는다.

세 개의 조각

죽음에 던지는 한 개 부스러기

죽음이란 가만히 둬도 수평이 되는 물이다.
기울고 진동하고 사납게 일렁이는 물결은
서서히 평온해지며 균형을 찾아 죽음에 이른다.

찻잔

겨울 차가운 공기가 들추고 추적하는
너무도 광막한 물결. 대화의 단서들.

찻물 속에 형체도 없이 숨어 녹아든
방자한 죽음의 맛을 붙잡을 수 있을까?

너는 귓속말을 하듯 잔 쪽으로 몸을 기울인다.
말하는 입을 붙잡을 것이다.

네 입술에 스치듯 접안하는 잔의 테두리로
산산조각나 부서지는 추락으로

찻잔은 말하지 않고도 말한다.
부서져 빛의 거품이 허옇게 이는 슬픈 기슭으로

— 찻잔의 말은 떠밀려갈 것인가?
너는 밀려남으로부터 헤쳐나오며 듣고 있었다.

나뒹굴며 눈알을 잘라내는 사금파리 차가운
날 선, 촉촉한 말의 내부들.

빛

존재하는 모든 것에는 빛이 들어 있다.
빛이 존재 그 자체라면 어둠은 존재의 흔적, 빛을 담는 주
머니.

우리가 볼 수 있는 빛은 극소수이다.
우리가 볼 수 없는 빛 중의 어떤 것들은 사물의 내부에 들
어 있다.

무엇에 이끌리는지 모르는 채 우리는 어떤 것들의 심연 가
까이로 허겁지겁 달려든다.
사랑은 입술을 내밀고 손으로 거머쥐려는 포옹

에 앞서 빛이 어루만지는 그윽한 시선이다.
몸을 부리지 않고도 돌보고 지키는, 만지지 않고도 만지
는 빛의 터치.

—

IV

금풍뎅이를 위한 한 조각

녹나무 연노란 빛.
수피에 박힌 못 하나
먼빛에 반짝인다.

짙게 반짝이는 이파리.
딱딱하게 튕기는 못 빛. 흰 공기.
못 빛에 앉는 금풍뎅이 빛 당김.

금풍뎅이 골똘함을 못은 알까?
녹나무의 통각을 못이 알아챘듯
금풍뎅이 알아챔을 못만 모를까?

못의 지각은 저녁 빛에
날이 선다. 금풍뎅이 금속 빛,
희미한 숨 짓. 못 빛 신호에 몸짓하네.

품안에

네 품에 무더운 여름을 숨겨주렴.
물푸레나무의 품안에서 밤에
비의 길을 타고 갔네. 돌아오지 않네.

수국의 품안에서 더이상
피어나지 마라. 그렇게 잠자라.
여름의 눈빛은 꺼졌고,

모든 벌거벗은 품안에서 저 빛,
죽음은 점화한다. 그리고 숲의 눈은
초록 벌레들이다. 불붙지 않고 이글거리는.

세 묶음

익사 뒤 물에 남은 영상들

가슴의 한쪽은 여름날의 유리창.
가슴의 한쪽은 차오르는 강물.

옛 심장으로부터 날아드는 날개.
너는 눈을 잃어버렸다.
날개와 눈을 이어주는 동맥의 피를 비워버렸다.

수면 위로 인중 위만 피워올렸던 얼굴은
잃어버린 눈을 매번 감는다. 무엇인가 삼킨
푸른 물을 감는다. 파르르 떠는 물결 눈꺼풀.
사라진 자리 꿀렁이는 파문, 가볍게 뜨는 기포들.

피를 모아 불을 지피리라.
너는 영원한 꿈속에 서 있다.
울부짖는 나라는 공중을 날아 죽음 아래를 조망하는 것.
숲의 높이가 하강하는 속도에 부딪히며 산산이 흩어진다.
가라앉는 심장을 위해 타오르는 시간을 남겨두리라.

가슴의 한쪽은 여름날의 유리창.
가슴의 한쪽은 차오르는 강물.

어린 시절

너의 존재였던 이 시간을 어린이라 부른다.
어린 시절은 우물 바닥으로 떨어지는 그림자를
따라 물밑 저 차가운 어둠으로 내려가려 한다.
돌벽과 이끼가 길이며 덫이다.

물속 바닥에서도 살아 있을 수 있는 건
시간의 상상과 꿈이 죽음보다 질기기 때문이다.
보리밭 가운데 키 큰 푸른 보리 줄기 내벽에 둘러싸인
우물 바닥에서 물을 뚫고 하늘 수면에 비치는 그림자의

진동을 듣는다. 꼿꼿이 든 살모사 삼각 머리 눈
과 어린 시절 눈이 마주쳤을 때
십여 년의 어린 시절이 몽땅 검은 눈구멍으로 빨려들어
갔다.
그곳의 밤은 너무 광대무변해서 너의 섬광을 부재로 삼
켜버린다.

강변 포플러나무 아래 비밀을 속삭이고 돌로 누르고 모
래로 덮는다.
목숨이란 전혀 아깝지 않은 것.
아리따운 죽음, 비정상적인 죽음인

— 너의 이름은 어린 시절, 사막, 뇌우이다.

사물 내부의 등불

모든 사물은 저마다의 타오르는 등불을 숨기고 있다.

한 사물이 마주치고 감각하고 알아채는 사물은 불빛이 밝히는 일부일 뿐이다.

그 어떤 것도 광채를 퍼뜨리는 사물 내부의 등불을 마주할 수 없다.

불빛을 통해 등불의 존재를 확신한다.

경험할 수 없고 알 수 없다고 없는 것은 아니다.

일렁이고 촐싹대고 부딪치는 파도의 천변만화하는 모양들은 바다의 등불이 비추는 빛의 각도와 밝기이다.

바다 전체를 포옹하는 하늘의 대기도, 바다 전체인 물방울 부분 부분도 등불을 감각할 수는 없다.

사막 전체를 이루는 모래 하나하나를 보고 만진다 해도 사막의 등불을 경험할 수는 없다.

오랫동안 찾아 헤맸던 등불의 나라,

아름다운 나라는 네 속에도 숨어 있어

너는 이것도 저것도 그것도 아닌 너로 있다.

등불은 어떤 무엇이었고 어떤 무엇으로 남아 있다.

—

식물성

머리칼을 풀면 바다가 출렁인다.

출렁임이 뒹굴 때 바람은 춤추는 보리밭이다.

여자가 세면대 위로 허리를 숙인다.

시퍼렇게 파인 땅에 추억이 버려진다.

강물은 빛나는 굴렁쇠를 굴리며 여자의 허리를 따라 굴
러간다.

소란이 인다. 파도가 치솟았다 소멸한다.

소멸하는 여자는 하얀 발자국을 숨긴다.

고개 들어 한숨 쉬는 그곳에는 아무것도 살지 않는다.

식물성은 온몸으로 알아차리고 가장 넓게 뒤덮으며 뛰어
오르기를 욕망한다.

모든 여름과 쾌락과 강과 청춘과 수풀 뒤로 여자만이 남
는다.

꿈보다 긴 생명이 흐른다.

덧창을 연다. 창유리에

강물을 틀어올려 묶은 바다가 비친다.

청자고둥

손바닥 위 아름다운 청자고둥.
방금 물질하고 나온 해녀가 준
살아 있는 청자고둥의 비좁은 구멍으로
너는 손가락을 강제로 밀어넣는다.

나탑 아래 담홍색 핵에 손끝이 닿는다.
미끈하고 보들보들한 자극이 신경세포에 입력된다.
청자고둥의 신경계는 외부 자극에 작용하여 독침을 쏜다.

네가 실제로 청자고둥에 손가락을 넣을 때
네가 꿈에서 손가락을 청자고둥에 넣을 때
네가 청자고둥 구멍에 손가락을 밀어넣는 다른 이를 볼 때, 모두
구분 없이 네 신경계의 동일한 부분이 활성화된다.

너와 청자고둥의 신경계는 자극에 똑같이 활동할 뿐.
신경계의 활동은 감지기와 작용기의 상호작용일 뿐.
그러나 네가 관찰할 때 너의 인지는 실제와 꿈, 간접 자극을 분별하고
관찰자의 인지는 인간과 청자고둥의 신경 작용을 구분한다.

살아 있음은 자기 생성이다.
하나의 기능으로서의 인지는 무엇인가?—살아 있는 체계

는 인지 체계.

하나의 과정으로서의 인지는 무엇인가?—과정으로서의 살아 있음은 인지 과정: 움베르토 마투라나(「인지생물학」, 1970).

마음과 물질은 별개의 실체가 아니라 생명현상의 두 가지 측면, 즉 과정과 구조(체계)이다: 프리초프 카프라.

모기를 위한 하나의 단편

눈에 잘 띄지 않는 어두운 구석으로 자신을 끌고 가지,
너나 나나. 하지만 입장과 생각은 달라.
너는 눈에 보이는 것, 그 뒤나 그 너머가 있다고 생각하지.
싱크대에서 설거지하고 오물을 배수구로 흘려보내면 여기는 깨끗해지니까.
네 마음의 지저분한 시야를 닦아주고 숨겨주는 그곳이 있다고 믿으니까.
그래서 여기로 숨어들었을 거야.
하지만 아닐걸.

나는 인간의 피를 마셔야 알을 낳고 미래를 확보할 수 있지.
내가 죽고 난 뒤에도 미래를 끌어당겨오려면.
그래서 아무도 없는 빈집에서 최소한의 에너지로
계절이 바뀌는 긴 시간 동안 죽지 않고 버텼어.
기다린 게 너는 아니었지만, 나를 연명할 인간의 피를 기다렸지.

나는 오늘 아침에 죽었어.
피를 마실 힘이 없어서 네가 잠든
밤중에 네 귀 가까이 잠시 날갯짓을 했을 뿐인데
너는 네 잠을 깨웠다는 죄를 뒤집어씌워
엊저녁 실내에 유독가스를 피우고 나를 가둔 채 문을 처닫았지.

넌 모든 게 매우 단순해.

네 눈에 보이지 않고, 네가 사는 짧은 시간 동안 너만 괜찮으면 되니까.

날이 밝아 실내가 희부윰해졌을 때

눈에 잘 띄지 않는 어두운 구석으로 나를 끌고 갔어야 했는데

어지럽고 너무나 힘이 없어 햇빛이 데우는 창에 붙어

몸이라도 따뜻하게 하여 기운을 차려볼 수밖에 없었어.

그때, 네 손바닥이 나를 덮어 눌러 죽였어.

너는 내 죽음이 창문에 난 얼룩이라고 여길지 모르지만.

하지만 아닐걸.

창문과 손바닥은 어떨 것 같아?

내 죽음의 인과적 영향이 그뿐일까?

두 개의 모음

graffiti

노을빛이 흰 벽에 부딪힐 때
작은 창문은 즐거이 반짝이고
공지의 풀들은 분홍 바람 속에 일렁이다
씻은 몸을 솟구치며 노을빛 방울을 털어낸다.

전깃줄은 이곳과 저곳, 이 시간과 저 시간을
연결하고 전봇대는 수평선과 교차한다.
바다의 물색은 분홍색 가면을 쓴, 출렁이고
파도치는 물렁물렁한 액체의 유리창이다.

분홍색 가면을 쓴 액체 유리창은
하늘에 기체 유리창을 복사한다.
노을빛은 햇빛인가?
햇빛에서 분홍빛의 따뜻한 피가 묻어난다.

분홍색은 여성인가?
노을빛은 저녁의 사용이다.
햇빛의 여성적 놀이,
가면에 가면을 쓰고 가면 밑에

가면밖에 없는 가면무도회다.

노을의 그라피티, 저녁을 장식하기,
햇빛이 뽑아내는
시간의 투명한 직물 짜기.

맞물림, 정점, 뻔뻔함, 진동

어떠한 것이 쾌감인가요?
맞물림입니다.
맞물림은 무엇입니까?
지퍼의 혀와 입입니다.

어떠한 것이 추락인가요?
정점입니다.
정점은 무엇입니까?
못의 꼭대기입니다.

어떠한 것이 흥분인가요?
뻔뻔함입니다.
뻔뻔함이 무엇입니까?
돌의 고막입니다.

어떠한 것이 고독인가요?
진동입니다.

— 진동은 무엇입니까?
뒤뜰을 찢어낸 리본입니다.

—

눈

눈이 내렸다. 길과 들판에.
그 위에 있는 것들
하나하나 부르고 확인하기도 전에.
흰 천으로 시체를 가리는,
없음을 가장한 순수로 덮어버렸다.

눈이 무엇으로 이루어졌는지
알아내려면 알 수도 있겠지만,
송이고랭이 엽초와 수과에 닿는
첫 느낌은 알 수가 없다.

흐르는 개울에 닿자마자 물로 사라지는,
들판에 남아 마지막까지
버티는 눈의 부분으로는, 끝끝내
옮겨갈 수 없는
이 더듬거림에.

석류를 위한 한 조각

사랑하는 사람의 피부는 눈부시다.
사랑의 힘이 심장에 폭풍을 일으키고
파도가 가슴을 때리고 핏줄이 터질 듯
피가 맹렬하게 돌아 전기를 켜고
육체의 내부를 환하게 밝힌다.

농익어 찢어지는 석류 속에 당신을 버려라.
당신 속에 우리를 사라지게 하라.
석류는 등불을 들고 나무 밖으로 태어난다.
출생하는 순간 이 세계가 몸에 들이닥치듯
우리는 가지 끝에서 타오른다.

사랑은 죽음으로 빛나고
나무가 내거는 등불 속에
우리는 빛의 과육으로 촘촘하다.
사금파리 죽은 과즙에서 빛을 잉태하는 석류.
사랑하는 사랑의 피부는 눈부시다.

나뭇가지를 위한 한 조각

수백 년 같은 자리에 그대로 있는
나무의 나뭇가지는 매 순간 다른
길을 은밀히 시작한다. 길 없는
공중에는 공기의 직물이 덮어 감추는

다른 나라 다른 삶이 있다. 가지는
그의 길을 계속 간다. 대기가 물에
젖을 때 가지의 발자국은 물웅덩이를
남긴다. 물 가시덤불, 그 운행은 소박하다.

가지는 나무에 붙어 있고 잎은 가지에서
자라지만 나무의 기관이나 부분으로
그치지 않는다. 가지를 떠난 잎은 가시덤불
위에 타오르는 것 같고, 먼 곳에서 온

눈이 흰빛으로 신호를 던진다. 가지는
나무의 나라를 매듭짓고 3월의 눈을
뚫고 나온다. 돌 틈 숨은 길을 기웃거리며,
불 꺼진 캄캄한 식은 별빛을 사랑한다.

작은 꽃들

여기저기 흩어져 숨어 있는 작은 꽃들의
단순한 향기는 영원보다 먼빛에서 날아온다.
꿈은 영원의 구동축에 톱니바퀴를 연결하고
꿈은 아름다움에 눈을 감는 곤충들인가?

벌판과 나란히 가던 길이 웅덩이에 이르러
작은 파리와 모기들의 길로 뭉치고 흩어진다.
꽃과 잡풀 사이에 떨어진 가지로 꼼짝 않는 도마뱀은
꿈의 콘센트에 플러그를 꽂고 축축한 빛을 말린다.

한 나무

한 나무가 살아온 세월은
한 인간의 경험으로는 상상할 수 없는
한 장소만의 시공이 메아리치는 미궁의 고요들로 가득하다.
웅장하고 아름다운 나무.
하늘로 하늘로만 높게 솟아오르지 않고
옆으로 낮게 기울며 넓게 넓게 펼쳐
구름 아래 풍성한 잎들의 성채가
그만큼의 빈 공간들을 숨기고 간직한다.
무수한 잎들이 일제히 바람을 품어
순간 거대함이 가볍게 떠오르기도 한다.
바람과 희롱하고 바람을 내뿜는 잎들의
각양각색 소리와 현란한 몸짓은
빈 공간을 날개와 유령으로 가득 채운다.
들락날락하는 새들도 벌레들도
유령을 만나 유령이 되기도 한다.
한낮의 캄캄한 정적을 반사하는 몇 겹의 눈꺼풀을 깜박
이는 유령이나
불티를 흩날리는 반딧불이를 만들어내기도 한다.
지금 한 인간 앞에 있는 나무는
웅장하고 아름다운 그림자로 넘치는 한 나무이기도 하지만
그 위에 부풀어오르며 거대하게 진동하는 또다른 세계,
지구 표면을 부딪칠 듯 스치며 현실을 가까스로 비껴가는
하나의 행성이기도 하다.

숲의 청춘

초록 잎이 서로 겹쳐서 더 어두운 덩어리가 생기고, 짙은
덩어리가 주변으로 언덕으로 확대되어 녹음이 우거진 숲
이 된다.

숲에 나무가 빼곡하게 서 있고 나무 밑동에는 왕관을 쓴
풀들이 둘러서 있다는 걸 미리 알 수는 없다.

플라스틱도 플라타너스도 돈도 돈나무도 새로운 잎으로
가득차서 격렬한 기세로 쏟아내는 윤전기 같다, 컨베이어
벨트의 레디메이드나 티브이가 상처 내는 사건들의 습하고
열기 가득한 신문 낱장을 뿜어내는.

얼마나 생명은 번식과 투쟁과 우울과 환희의 다채로운 생
활을 반복하며 현기증에 빠지는지,

사는 곳 곳곳에서 아슬아슬하게 위협하고 따라붙으며, 신
음소리를 내는 내부의 특정 못할 부위에서 얼룩덜룩하게 곪
는지,

문이 어디까지가 문밖이고 어디부터가 문안인지도 모르
는 채 열려 있듯 숲은 그곳에 함께 엉키기 전에는 어디까지
가 언덕이고 나무이고 잡초인지,

나무는 몸통을 거의 다 잘라내도 거기서 초록 생명이 비
집고 나오는가 하면

서리를 덮어쓴 반짝이는 나뭇가지들은 생명이 없어 쉽게
부러지는 것들도 아름답게 빛난다.

주위는 늘 그러하듯 반복을 이어가리라. 어디까지가 중심

이고 어디부터가 주위인지 모르기에 모든 것 하나하나에 세
심한 주의를 기울여야 하리라.

　졸음은 맨정신이 언제 어디서 어떻게 변해서 오는지 모른
다. 풀줄기와 풀줄기를 오락가락하는 미미한 벌레라면 알
수 있을까?

　마구 우거져 좁아진 생명의 틈바구니로 미궁이 엿본다.
　물속에 잠긴 무생명이 어떻게 거대한 해수면 위로 생명
일각을 내미는지.
　어떻게 물질에서 생물이 생겨나는지.
　돌은 흘러가는 생명 어디에선가 꿈쩍 않고 묵직하게 덮
어 누르는 맥박이고, 펄떡이는 물질 어디에선가 심장은 차
갑게 찢어진다.
　미궁이 미궁을 골똘하게 들여다보는 구덩이에서
　패턴이 패턴을 반복하는 움직임 속에서
　검은 덩어리의 패턴이 꽃 피는 나무의 패턴으로 변신하는
숲의 청춘이랄까.

초록 사태

나무들을 둘러싸 숨으며 보이지 않게 가리고 있는 초록들
은 긴장한다.

공기에 갇혀 꼼짝 않는 초록들은 고요가 움직이듯 귀를 쫑
긋쫑긋 삐뚜름하게 치켜든다.

고요 한가운데서 커다랗게 솟아 해안으로 치달리는 물-
산의 군무는

말들이 내달리며 땅을 뒤집어 파는 웅장한 소리 뒤로 다
시 고요에 깃든다.

멀리 있는 삼각형 산은

정지한 채로

거듭해서

지금

일어나는

쏜살같은 말떼의 되풀이 영상이다.

요란한 발굽의 초록 군무가 조금씩 뭉쳐

파도타기 응원하듯 일렁이는

거대한 초록 사태로 가슴에 부딪히며 무너진다.

V

멧종다리

멧종다리가 짧고 우아한 휘파람소리를 낸다.
눈길을 끌고 싶어하는 것 같아
산책길에서 휘파람으로 비슷한 소리를 낸다.

야생 수숫대 위에서 고개를 갸웃거리며 건너다본다.
눈을 동그랗게 뜨고 경청하며 관찰한다.
탐조를 노랑 눈썹선에 받아 짧은 노래로 바꿔 돌려준다.

작은 열매를 부리로 집어 쏙쏙 빼먹는다.
휘청이는 수숫대 위에 앉았다가 돌아앉고 날개로 균형잡
아 폴짝 뛴다.
눈길을 버린 듯 관찰도 잊은 채 날아갈 먼 곳을 향해 돌
아선다.

유리딱새

올라온다
밤의 가장 깊은 곳에 꽉 끼어 있는
아침의 차가운 갓돌이.
유리딱새의 목소리가 아침에게 말한다.
네가 이렇게 키 큰 시닥나무 꼭대기인 것처럼,
네가 유리딱새의 눈빛이라기도 한 것처럼.
빛 사이사이 입을 다문 채
소리 죽인 희미한 음으로.
열정적이면서 한 치의
어긋남이 없이 정확하게
날이 채 밝아오기 전인 이른 아침
어두운 문지방을 벗어
경의를 표한다. 유리딱새는
노래에 맞추어 꼬리를 흔들며
키 작은 산사나무로 떠났다.
아침은 불완전한 노래의
가장 깊은 곳에 끼어 있는
네가 너를 놀려대는 메아리에서,
높은음인 탓에 갈라지는
터무니없는 꿈의 늪지에서
올라온다.

끈끈이귀개를 위한 한 조각

잎이 덫.
늪에, 늪의 끈끈한 액체에,
유혹된 벌레.

끈적이는 털의 감촉에
중독된 표적.
잎의, 샘털에 자극,

자극이 유혹에, 유혹이
중독에, 중독이
자극을 탐하는.

잎이 덫.
늪은 소화기관,
덩이줄기와 꽃을 위한.

흰 빛은 허무에서 나와 기억을
욕망한다. 광합성과 무기질의 갈래에서
잎은 꿈꾸고 만진다, 샘털 점액이.

흰 꽃은 색을 잃은 곳에서
빛에 끌린다.
벌레를 잃고 눈을 당긴다.

파리를 위한 한 개 부스러기

백지의 하얀 공간 안에서
금속성 푸른 광채의 파리가
자기 몸의 조각조각을 떨쳐내듯

맹렬하게 원을 그리고 선을 긋고
온몸의 고통과 착란적인 궤적으로
백지 위에 검게 흩어지는 잉크 얼룩 그림자,

평면인 백지가 육면의 상자 속인 듯
하얀 벽과 천장에 맹목적으로
부딪치며 웅웅거리고, 뒤쫓는 초조가

초조를 어지럽게 피한다. 창문을
내지 않는 것이 백지다. 자기를
구조하는 건 자기다. 백지가 백지를.

파리가 파리를. 제가 제 행동을
밀쳐낸다. 심장이 제 심장을 뜨겁게 한다.
종이의 흰빛 시간을 달리는 금속 질감의 파리 엔진.

쐐기, 변신을 위한 하나의 아포리즘

쐐기는 절삭하고 있다.
쐐기벌레
쪽으로.

강력한 촉수를 향하여
사려 깊게
마모하여

변태. 털 모양의
독침이 뇌전도를 찌른다.
아린 타격이 톱으로

자른다 분리한다. 한 번의,
한 번도 아닌 회전이
쐐기나방 융기된 털 뭉치

쪽으로.
쐐기풀나비 적갈색 바탕에 검정 무늬
검은 띠 쪽으로.

가벼이 제
신경을 벗어나서
세포, 형질전환.

변신이 와서 멈추는 굽이.
쐐기풀. 그 너머의 둑
을 범람하는

저장고. 그렇게나 많은
쐐기류 더미.
기원과 예견의

순환. 떼 지어 활발한
번식. 불가피하게 딸깍거리는
쐐기에서 신선하게

쐐기풀. 쐐기 애벌레.
비생명체에 박힌 빗면, 문에 긴 쐐기
로부터 날아 나풀거리는 쐐기, 쐐기풀나비.

무화과나무를 위한 한 조각

무화과나무는 난간도 없이 나무의 계단을 올라
이파리들에 불붙인다. 잎겨드랑이 꽃이삭의 열광에 성냥
불을 댄다.

나무에는 호수가 없고 저녁을 향한 문에는 과수원이 없다.
모터보트는 나무와 맞지 않다. 물결 위에 비치는 건 무화
과나무가 아니다.

너는 무화과나무 열매에 오르기로 했다. 사다리를 뇌 속
에 쑤셔넣고.
너는 저녁놀을 갈가리 찢어 그 피를 황록색 열매에 들이
부었다.

기억하는가? 너는 무화과나무였고 나무만의 열광을 사
랑한다.
난간도 없이 나무의 계단을 올라 낭떠러지를 열고 갈라지
는 가지들을 공기 속에 떠다니게 한다.

메타세쿼이아

네 눈 속의 기이한 물속. 거울 유리에서 나온 네 젖은 얼굴.
이른 아침 햇빛에 목욕하는 집. 메타세쿼이아 긴 물줄기
가 잠을 뚫고 나온다.

노랗게 데워진 집의 외벽이 네 손을 끌어다 납작한 표면
에 섞는다.
손에서 슬픔을 마신다. 너는 스며들어 외벽의 부조가 된다.

네 손이 어루만지는 부드러운 굴곡. 슬픔의 외벽에서 나
온 빈집의 미소.
메타세쿼이아가 아침 속으로 들어가 눈물 속에서 활짝 핀
따뜻한 불꽃을 폐 속 깊이 떨군다.

한 죽음을 위한 세 개의 단편
―안녕, 이혜란

1

온몸의 살들이 서로 부딪히며 내는 소리.
소리를 날개 삼아 퍼덕였고 두 발을 가지런히 모았다.
있었고 잃었고 찾았고 알았고 또 잃었고, 못 가!
그 시간은 굉장했는데 식당에 말없이 앉아
네가 앉은 반대편 유리를 골똘히 바라보았다.
이 텅 빈 시간을 걷는 다리에 감기는 치맛자락.
욕망은, 공기를 접고 접어 펼친 공중은 커튼으로 접혔다.
유리창 밖 오후를 내다보는데도 햇빛은 끓고 유리는 녹
아내렸다.
　못 가! 자동차 보닛에 드러누워 울부짖는
　흙들 사이로 사라지는 너의 머리.

2

산 사람과 눈을 마주치지 않으려고 앞만 보고 걸어가는
죽은 사람.
죽음은 블랙홀 같은 강력한 물질이라서
중력을 떨쳐내고 공중 부양한다.
죽은 사람이 공중에 몸을 담그고 배영한다.
춥고 맑다.
푸른 바람을 젓는 팔이 점점 느려진다.
죽음은 강력한 물질이라
침몰할 하늘도 잠수할 수심도 없다.

공중을 회전하는 매화 꽃잎처럼 영원히 누워 간다.
여분의 웃음을 지으며 기쁘게.

3
백합과 죽음.
'시든다'와 '죽는다'는 같은 뜻인가?
네가 어떻게 이런 집을 구했지?
무덤에 가두기.
'살다'와 '가두다'는 같은 뜻인가?
땅속에 목제 가구 들이기.
'죽다'와 '들이다'는 다른 뜻인가?
네가 꼭뒤 머리칼을 들춘다.
유령이 영혼과 친해진다.
나사는 회전하고 너는 회전할 수 없다.
그렇게 너는 죽음을
각종 네가 담긴 서랍장에 돌려 끼운다.
죽음이 너를 간수하는 게 아니라
네 속에서 죽음이 스텝 스텝 도약한다.
춤은 기계들 안에서 작동하는 부품들이다.
저것에서 이것을 이것에서 저것을 했다.
춤은 작동하고 기계는 동작한다.
죽음은 회전하고 추락은 착지한다.
가솔린이 열정을 마신다.

— 세상에는 그런 날들이 있다.
죽음과 백합.

검은나무딸기

속절없이 네 가슴속으로 숙인 눈먼 가지들이
죽음에게로 갔다. 검은나무딸기 덤불에 쌓인 눈 한줌이
말이 되어 흰 무한이 무겁게 늘어진 하늘로 간다.

혼몽 속에서 너를 돌보는 것은 아무것도 없다.
너는 입맞춤을 위해 부질없이 창문 위로 몸을 굽힌다.
오, 밤은 헐렁해서 쬠쇠 사이로 가시 닮은 꽃들을 흘린다.

때가 되면 푸르러질 잎 하나를 나무에 매달아둔다.
너는 시간에 구덩이를 판다. 그리고 그 안에 너를 눕힌다.
관자놀이 속의 새들과 함께 때가 되면 푸르러질 잎 하나
를 눈먼 가지 위로 내민다.

블랙홀

거대한 우주를 하나의 점으로 압축하는 단위체가 블랙홀
이다.
블랙홀은 다시 빅뱅에 의해 팽창하면서 건너편에 또다른
우주를 펼쳐낸다.

폭발과 팽창은 모험과 미로를 만들어낸다.
집 현관으로 들어가 계단을 잘못 오르면
낯선 방들과 발코니를 맞닥뜨리고 길을 잃어버린다.
세탁소 뒷문을 열고 법정에 출두한 k처럼 어디든 길이 있는
길을 잃고 눈밭을 헤매다 겨울에도 푸른, 나무 한 무리
를 지나고
또 몇 걸음 걸어 푸른 나무 세 그루를 지나고
눈길을 헤매다 멀리 줄지어 선 푸른 나무 무리를 털목도
리로 두른
친숙해서 당황스러운 흰 모자 앞에 도착한다.
여기는 구름 그림자 져 어둡고, 눈에 덮인 흰 브라에만 햇
빛 비쳐
따스하게 밝은, 저 봉긋한 용눈이오름.

그러다 뜻밖의 문을 열면 처음 가는 마당에
돌과 화초, 장독, 빨랫줄, 갈색 흙, 담장을 마주치면서
모험을 하게 된다. 모험 속에서 이리저리 부딪치며
집을 탐험하게 된 애초 목적을 잃어버린다.

서둘러 문안으로 돌아와 방문을 열면
옷장과 의자, 싸구려 경대, 벽에 걸린 모조 그림 액자, 책
장 등을 만나고
그것들은 각자 그들의 우주 가까이 내부로
더 바짝 들어오라고 제각기 유혹한다.

낯설고 복잡하고 염탐하는 듯 두려운 어떤 것의 기억에
서 벗어나
시선을 줌아웃하면 어떤 신체에 부착된 눈인지 모를 눈은
상승하는 기류를 타고 공중으로 떠오르며
집을 둘러싼 바둑판 골목을, 더 넓은 마을을
마주하게 된다. 방안의 잡동사니와 가구
그 방을 담고 있는 집과 마당
허둥대며 탐험했던 기묘한 어떤 집은 점차 점으로,
모든 우주 구성체를 빨아들이는 강력한 중력의 블랙홀로
압축된다.

블랙홀과 우주, 집과 현관, 마당과 발코니, 방과 경대, k와
용눈이오름…… 이름을 떠난
무언가임이 뜻하는 무언가는 무엇인가?
단위체는 어떤 단위체들을 부분 부분으로 단위 조작하며
어떤 단위체에 부속되는가?
끌어들이는 응집과 팽창하는 확산은 어떤 매혹과 사랑과

— 이별인가?

　그것들 사이의 관계는 제각각 어떤 사물인가?

—

아직도 소용돌이치며 울려고 하는가

살아 있는 나무가 어떻게 네게는 피리가 될 수 있는지.
얼음 밑 강물의 손가락들이 구멍을 열고 닫아
울리는 음악은 네 눈에 잠기는 손가락들이지.
네 눈은 아직도 소용돌이치며 울려고 하는가.

네 얼굴의 유리가 산산이 부서진다. 빛들이 꺼진다.
너의 파편이 황철나무 잎들로 모여 하얗게 어둠 속을 응
시하네.
겨울 거울에 속삭이는 눈송이들이 너에게 새들을 던졌다.

네 얼굴이 어떻게 새들에게 피리가 될 수 있는지.
녹아내리는 하얀 음악을 받아내기 위해 나무는 가지 끝
을 오므렸다.
얼음 가득한 네 눈은 아직도 소용돌이치며 울려고 하는가.

거리를 위한 한 조각

바람 불고 스산한 거리의 어스름에서
어스름의 뇌가 거리에게 말했다.
어디에서나 그렇듯 저녁이 다가올 무렵의
묘한 애수를 느끼면서.

어스름은 어떤 다정한 뇌를 가지고 있지?
인간의 뇌와는 모양도 작동 방식도 다르다네.
어스름의 뇌는 빛의 밝기와 각도, 반복하는 리듬에 예민
하다네.
어스름의 뇌는 애수의 뇌와 동형이라네.
단어와 실물이 동형이고 인간 지능과 인공지능이 동형성
인 것처럼 말이네.
그래서 어스름은 시력 없이도 애수를 알아채고 느낀다네.

거리는 카페 앞 거리, 커피 냄새의 눈을 가졌지.
'카페 앞 거리'라고 지정해줘서 고맙네.
거리는 무얼 특정해서 가리키나? 'ㅇㅇㅇ로'라는 명칭은
아닐 테고,
어디로 이어지는지, 어떤 집들의 연쇄인지?
거기에 부는 바람, 보도블록의 홈과 이음새인가?

거리는 언제나 그곳의 분위기를 희미하게 기억하겠지만
구체적으로 기억하지는 못할 거야.

그럼 알고 있네. 뇌는 기억하기 위한 게
아니라 망각하기 위한 거지.
그렇다네. 어스름은 눈먼 보르헤스고,
거리는 그가 짚는 지팡이의 끝이라네.

알겠네. 어스름은 종이 위에 써질 때의 자네였고,
애수는 그 문자들을 읽을 때의 나였군.
이것 봐. 거리에도 뇌가 있고 묘한
애수의 쓸쓸함을 느낀다네.
그리고 자네(환상) 없이도 이 저녁을 망각할 수 있다네.

애수를 느끼는 어스름이 거리(조금씩
시력을 잃어가는 늙음)에게 말했다.

풍경

모든 의식은 어떤 것에 대한 의식(후설)이 아닌
모든 의식은 어떤 것이다(베르그손).

*

내가 보는 것이 아닌 풍경 그 자체가 있다.
나도 그 속에 풍경으로 있다.

*

돌 전 아기는 생명체든 비생명체든 구별 없이
자기까지 포함한 어떤 것으로 느끼고 공명한다.
아기는 자기 앞이 아닌 풍경
그 안에서 접촉하고 놀이하는 풍경이다.

*

어떤 것에 대한, 혹은 어떤 것의 느낌이 아닌,
풍경의 느낌은 풍경의 의식이다.

*

하나의 풍경은 하나의 힘을 위한 하나의 장소이며,

의식보다 훨씬 광대한 어떤 것이다.

* 1연의 기울임체는 질 들뢰즈의 『시네마』 1권의 한 문장을 수정한
것이다. 원문장은 "모든 의식은 어떤 것에 대한 의식이거나(후설),
혹은 좀더 강하게, 모든 의식은 어떤 것이다(베르그손)".

죽음의 순간

너는 한 가닥 실이어서 축 늘어지는 이 피로를 견딜 수 없다. 그냥 내팽개쳐 처박히기를 바란다.

바늘에 꿰이는 몸을 관통하는 이 고통은 무언지? 가만히 내버려두기를 바라지만, 끊임없이 다른 실의 아래와 위로 드나들기를 지겹게 반복한다.

너는 의지나 목적 없이 갈팡질팡한다.

실패에 팽팽히 감겨 있어도 좋으니 던져두기를 바란다. 어쩌다 끊어져도 좋으니…… 자투리로 버려져도 좋으니……

대부분의 세월이 그렇고 그렇지만 아쉽게도 결말이 가까운 시간에 문득 한 마리 개미의 관점에서는 도저히 알 수 없는 개미 집단의 관점에서 자기 행위를 알게 될 수밖에 없는…… 문턱을 넘어서는 순간이 온다.

네가 한 가닥 실이 아니라 벽걸이 카펫의 수많은 실 중의 한 가닥 실이란 걸 인정하는 죽음의 순간이……

VI

부패는 생각의 힘이다

햇빛이 물에 닿을 때
물은 어떤 열기를 생각한다.
생각이 반짝임으로 웃는 윤슬.
와자지껄 생멸의 대비가 소란스러운 문턱.

죽음 이후는 어떤 열기의 시작이다.
죽음은 반드시 부패라는 문턱을
넘는다. 부패는 생의 반응이고 멸의 느낌이다.
부패는 생각의 힘이다.

모든 있는 것의 생각은 열기다.
어떤 것이 문턱을 넘어 먼지가 될 때
먼지가 문턱을 넘어 어떤 것이 되어갈 때
열이 난다. 가장 차가운 것도 되어가는 것들의 불이다.

잎이 떨어진다. 떨어진 낙엽에
빛이 닿아 반짝인다. 웃는다.
흙먼지는 수액을 타고 나무의 빽빽한 섬유질을
생각으로 덥힌다. 열기가 잎을 틔워 윤기 난다.

시냇물을 위한 한 조각

앞이 뒤에 밀리고 뒤가 앞에 도달하는 게
시냇물의 길이다. 물이 모래를 밟을 때
물의 상체는 잠자는 짐승의 털로 빛난다.
물이 자갈을 밟고 듬성듬성 돌을 건너뛸 때
물은 머리에 뿔을 세운다. 뿔은 부들을 흔들고
가끔은 시냇물 방울방울에 반지를 끼운다.

오름

도로 위에서, 차창 밖으로, 언뜻 멀리 가까이 보이는
풀빛, 황혼빛 등성이는 산도 아니고 능도 아니다.
적당한 높이가 만드는 인간과의 절묘한 격리.

그 범접할 수 없는 거리가 끌어당기는 형언할 수 없는
매혹.
멀리 달아나지도 않고 곁을 내주지도 않는 순수한 고립
의 현존.
그 작은 화산체 위로 몇 날이고 강한 햇빛이 쏟아지는 비
인간성의 나라.

벌판에서, 잡목숲 뒤에서 불현듯 나타나 솟아오르며 내
려다보는
오름 위로 폭우가 쏟아지고 무지개가 걸리고 폭설이 내
린다.
인간에 대해 아무것도 모르는 저 다른 곳의 시간을

이곳 보이는 세계에 연결하는 꿈의 등성이. 길 없는 길을
이리저리 목적 없이
헤매다 경계를 이탈해 느닷없이 저 너머에 닿아 목격하는
높이와 휘어짐.
몇 개 곡선의 겹침이 만들어내는 신비하고 아름다운 끌
림은

시각이 출발하는 어떤 지점이나 우리 마음속에 있지 않다.
저 오름과 하늘과 벌판이 부딪쳐 만들어내는 팽창하는
저 풍경 속에 있다. 오름의 확장된 마음이 주위로 번지며
물결친다.

검멀레

검멀레에는 검은 돌 해변이 있다.

눈은 검은색에 이끌려, 균형 잃고 평형 잃어도 안중에 없다.

귀는 파도와 검은 돌의 화음에 매혹돼, 발길을 바다로 이끈다.

외롭고 쓸쓸한 자에 대한 검은 돌이 있다면

밀어붙이다 도로 끌어당기는 바다에 대한 돌이 있다.

돌에 대한 돌은 움찔하며 꿈쩍 않는 돌에 대한 돌이다.

검은 돌 해변의 검은 돌은 경사로 아래 바닷속으로 이어진다.

검은 돌은 제각각 다른 검은 돌이다.

고적한 자의 검은 돌은 제각기 모양 다른 상념의 검은 돌이다.

바다가 아는 돌은 바다가 지각하는 모래사장과 다른 지각을 각인한다.

바다의 규칙적인 들락날락 물결은 제각기 다르다.

큰 물결이 돌을 얼싸안을 때, 작은 물결이 돌을 얼싸안을 때, 바다는 분명 다른 소리로 운다.

돌에 대한 돌은 서로를 맞춤하게 연결 짓지 않는다.

돌과 돌에 꽉 끼는 돌, 돌과 돌 사이 공백이 헐렁한 돌로
얹거나 깔고 서로를 맞댄다.
　밀려왔다 빠지기를 반복하는 바다를 놀려 좁은 틈에
　빠른 통행의 휘몰이로, 너른 공간에 느린 속도로 돌들은
돌의 음악을 연주한다.

계곡을 위한 한 조각

계곡의 내면은 두 가지 끌개가 다투는 긴장된 장소이다.
하나는 아래로 아래로 향하는 힘으로 계곡을 벗어나려
한다.
또하나는 공기보다 가벼운 열기를 단풍으로 내보이며
꼭대기로 꼭대기로 오르며 태양의 눈부신 육체로 장식
한다.

산은 작은 태양이 박동하는 불길의 심장을 이미 정지해
버렸다.
폭발하는 화산의 끓어오르는 사랑의 애착은 이미 끊어버
렸다.
계곡의 돌투성이, 숲의 나무들은 낮게 지는 태양, 노랑에
서 빨강의 진정한 장소로 불탄다.
타오르는 산의 내면은 정상의 꼭짓점에서, 죽음에 대칭
하는 거꾸로 선 산의 머리칼 붉은 영상을 하늘에 분출한다.

강을 위한 하나의 파편

강이 검게 타서 재가 되어버리는 밤이 오고
노랫소리가 남아 바퀴를 돌리지.
바퀴는 돌아 푸른 잎 사이에 사과꽃이 피고
불꽃이 사그라지면 사과가 떠오르지.

강의 가지 끝에서 겨들이 바람을 거슬러 물결치고
이랑마다 태양의 바퀴벌레들이 숨어 있는 너깃인가?
그전에, 검정 이전에, 하늘은 주홍에서 빨강, 보랏빛을 펼
쳐 강물에 담지.
기억인가 강은? 그녀의 미소는 플라스틱으로 번들거리며
찐득하게 녹아내리지.

나무 속으로 강이 흐르고
바퀴는 돌아 썩은 사과는 노래가 되지.
푸른 새벽이 불꽃으로 타오르게 내버려둬.
강은 흐르고 관들은 엉망으로 얽혀 정신이 나가기 전 강
물은 미소 짓지.

여름을 위한 한 조각

공기의 흐름이 바뀌었다.
멀리서 들려오는 방아깨비의 날갯소리.
여름 공기가 밀려올 거다.
하늘에 반짝거리는 햇빛 레일이 생긴다.
얼굴에서 절벽이 멀어지는 걸 느낀다.
깍지 꼈던 냇물을 떠나보내던 흰뺨검둥오리는 어디로 갔
나?
여름에 대비하여 병기고를 청소해야 한다.
힘겹게 저항하며 푸르스름해지는 공기.
멀리서 여름 공기가 기슭에 닿는다.
증기를 훅훅 뿜으며 흰 도자기 주전자가
항구를 떠나 멀어진다.
화분에서 붉은 장미가 뿜어져나오듯
주전자를 사랑할 것이다.
물결 위에 거대한 피아노.
안개와 소금으로 만들어졌지.
네 뚜껑을 들어올리면
태풍이 돌아오고
파도는 산맥을 넘는다.
여름 공기는 파란 잎들의 조각가고
숲은 사랑이며
여름이 숲의 단추를 풀어내리고
쓰다듬는 공기의 흐름을 조금씩 바꾼다.

빗물 웅덩이를 위한 한 조각

빗물 웅덩이에 하늘과 정신과 아파트 건물 일부가 비친다.
하늘과 물웅덩이에 비친 하늘은 같은 하늘이다.
맑은 하늘 구름에는 빗물 웅덩이가 접힌 채 보이지 않는다.
빗물 웅덩이에는 아파트 건물 벽을 타고 흐르는 마음이
접혀 있다.
접힌 하늘과 건물이 물웅덩이에 펼쳐진다.
보는 것이 보이는 물웅덩이에 비쳐 보인다.
보는 건 보이는 것 앞에 거리를 두고 떨어져 있는 듯 보
이지만
(하늘과 정신이, 비와 마음이 하나의 다른 측면이 아니라
분리된 개개의 사물이라 생각하듯……)
빗물 웅덩이에 온전히 담겨 있다.
보는 순간 보이는 것 속에 있다.
보는 것과 보이는 것은 분리되지 않고
보는 물웅덩이 눈앞에 있다.
눈이 보는 것과 보이는 것 전체다.

마음을 위한 다섯 조각

1

유리창에 떨어진 빗방울이 아래로 흘러
더 큰 물방울이 되는 건 물의 마음이 하는 일.

강물이 대지에 드러누워 적시며 파고들거나
어느 한 방향으로 아득하게 흘러

입술의 긴 궤적이 되는 건 마음이 하는 일.
강물이 끊기는 곳에서 아래로 숨어 부단히 이어져 흐르
는 물의 마음.

물이 물에 합류할 때 마음은 부재를 깨고
입술을 열어 차가운 공기를 조각하는 윤슬로 현상한다.

2

맑은 물 아래 차분히 뒹구는 돌들은 종소리.
소리가 지금 눈앞에 보인다면,
비슷해 보이지만 색깔이 다른 제각각의,
모양도 가지각색인 돌들이 일제히 바라보는 것.

돌 울림은 피아노 건반의 터치와
나란히 눕는다. 강은 고요하고 평온한
타종 여음을 고집스럽게 반복하는 형태로

느릿느릿 기어가고, 돌들의 음악은 마를 새 없다.

그 소리를 듣고 보고 채집하여 기록하는
누군가의 마음이 악보에 있어 연주자의
마음을 건드리거나 물에 잠긴 돌이 소리의 마음.
음악은 물에 젖거나 비쳐 울리고 확장하는 물의 마음.

3
8월의 여름 너의 마음은
석조건물 1층과 2층 사이 어둡고 서늘한 계단.
계단참과 계단에서 구부러지며
열띤 목소리로 빛나는 네모난 작은 빛이다.

여름의 가장 깊은 물에서 떨어지는
물방울이 공중에서 멈춰 굳은,
피아노 소리의 결정이 보도블록 위에서 부서지며
투명한 빛이 사방으로 튄다.

여름 마음의 색채는 한 옥타브 깊어졌고
소금사막 위의 얕은 물이 되어 사방으로
넓게 펼쳐졌다. 하늘 전체가 고스란히
수면에 비치면서 지면이 사라져 광대해졌다.

마음은 이제 더이상 너의 마음이 아니고
너와 하늘은 더이상 구분할 수 없는 전체.
너는 이미 사라졌고 이 모든 사실을
확인하는 기묘한 황홀함만이 남았다.

4
누군가의 마음이란 없고
무엇무엇의 마음이란 없다.
마음은 가슴에도 뇌에도 신경계에도 없다.

'시는 마음의 표현이다'라고 할 때
마음이 시인에게 없다면 어디 있을까?
마음은 시인의 손가락과 만년필 사이에
글자를 적는 펜 끝과 종이 사이에
책상과 펼쳐진 노트 사이에
의자에 앉은 엉덩이와 두개골 사이에
스포티파이를 통해 재생되는 에리크 사티의
〈짐노페디 1번〉과 두 눈, 신경세포, 근육 사이에 있다.

마음이 무언가의 내부에서 발생한 것이라고 보는 것은 착
시다.
마음은 무엇과 무엇 사이에 있다.
마음은 무엇이 다른 무엇에 비친 미적 효과다.

문학동네시인선 245 제호기 시집 **이상한 밤**

문학동네시인선 245 제호기 시집 **이상한 밤**
이상한 밤

전체 금리주의자 시인은

비인간들을 더듬거리며,

가슴의 한쪽은 여름날의 유리창

죽은 시간 내장에서 죽음이 열리고

사랑하는 사람의 피부는 눈부시다

보는 순간 보이는 것 속에 있다

만지지 않고도 만지는 빛의 터치

하나의 아름다움으로 서로 설레게

이상한 밤

아, 사랑은 밖이어서 아무것도 볼 수가 없네

날 선, 축축한 말의 내부들

마음은 마음을 예상할 수 없다

네 앞에 여름 내내 마음 하나가 있었고
그는 네게 아무것도 하지 않았고 멋진 일이었다.

5
소나기가 휩쓸고 지나가자, 기분에 불붙이듯
호수 위 하늘에 무지개가 불붙었다.
우리 마음의 뜨거운 꼬리에도
각기 다른 색깔이 불을 댕긴다.

무지개는 무지개, 마음에 불붙는 마음,
아름다움에 비치는 아름다움이다.
햇빛이 반짝인다. 햇빛은 이미 없고 부유하는
빗방울에 비친 반짝임이 있다.

비는 그쳤고 하늘에 가볍게 떠다니는
빗방울들. 햇빛은 반짝이는 순간 사라지고
수많은 빗방울 하나하나에 비친 햇빛이 영롱하다.
햇빛과 비는 사라지고 사라진 자리에

마음이 아름답다. 마음이 현재다. 현재는
사물과 우리와 비와 햇빛이 물러난 상실의 자리다.
현재는 말할 수 없고 만질 수 없어서 아름답다.

—　부재와 상실의 미적 반향이 마음. 마음은 무지개다.

—

집이 건축했다

두께 이십 센티미터의 콘크리트 벽을
일 센티미터의 콘크리트 패널로 잘라
벽체 속으로 빛이 살아 통과하게 한다.

글자를 얇게 자르고 구멍을 뚫어
소리의 바닥 아래서 물결이 응고되게 하고
의미의 가장자리에 빛이 고여 반짝이게 한다.

건축가가 집을 짓고 그 안에 빈 공간이 살게 되면
집이 건축물의 벽과 바닥을 제거하고 구덩이를 파
언어 밑으로 내려가는 계단을 건축한다.

구름을 위한 네 개의 조각

1

멀리서 보면 하늘은 입술을 깨물고 있다.
빛이 넘어가는 저녁의 박명에
환한 혀를 내밀어 입술을 축인다.
공기에도 절벽이 있어
구름을 통과하던 구름을 에워싼 공기는
낙뢰의 섬광만큼 도발적으로 죽음 속으로 뛰어든다.
모든 정점에는 저곳으로 넘어가기 위한 진저리치는 동요
가 있다.
푸른빛 하늘을 뚫는 한줄기 틈새 약간의 파문도 없다.
음악이 자신의 명령을 실어
듣는 이의 내부로 명백하게 파고들 듯이
거역할 수 없는 범람, 구름이 짓는 허구의 건축물에는
천장이 높은 침묵으로 포만한 음악 홀이 있다.
사랑의 발생은 어떤 소리에 대한 복종일 수 있다.
아직은 전혀 알지 못하는 당신의 활이 현에 닿을 때
구름의 영혼은 떨리는 것일까?
침묵의 수압에서 떠올라 호흡하듯, 갈구하기 위해,
뛰어들기 위해, 마침내 눈을 뜬다. 구름 앞에서.

2

목을 뒤로 꺾지 않아도 하늘이 보인다.
이곳에는 땅과 집과 바람이 말라버릴 듯 바닥에서 찰랑

거린다.
  나머지 대부분이 하늘이다.
  바다 위에 하늘이 아닌, 하늘이 바다로 바다가 하늘로, 교
대로 이어진다.

  섬이 하늘을 추앙한다.
  엄밀하게는 섬의 모든 것이 구름을 추앙한다.
  영혼들을 구름들과 함께 두어라.
  아름다움은 가볍고 흩어진다.

  새벽에 얼굴을 들어 하늘을 바라보지 않는다.
  구름이 새벽의 얼굴을 덮은 망사를 천천히 벗긴다.
  구름이 새벽의 얼굴에 화장솜과
  부드러운 빛 털로 화장한다.

  3
  구름은 공기 중에 흩어진 수분의 밀도에 따라
  바람이 수분을 말리거나 날려보내는 경로 따라,
  구름은 깃털이 수북하거나 앙상하게 흩어진다.

  구름은 공기 중 물 흐름의 경로 따라
  이동하다가 정상을 만나 접속하면
  바위로 된 상체와 숲인 하체로 산을 분리한다.

정상 바위는 하얗게 말라 빛나고 숲의 잎들은
구름의 물방울에 축축이 젖어 수분을 빤다.
구름이 물의 경로를 따라 흐르다가

분화구에 이르면 깊고 황량한 그 심장이 구름의 깊고 텅 빈
심장과 상관한다. 물과 텅 빈 구멍인 구름의 심장은
황량하게 움푹한 경사로 기울어 푸른 깊은 수심으로 고
인다.
높게 하얗게 빛나는 산은 먼 거리를 달려와, 항상 거기
에 비친다.

4
그녀의 입술은 허구의 수평선으로
끝없이 이어지는 선으로 닫혀 있고
그녀의 손에서 그녀가 엿들은 것이

세워졌습니다. 연약한 구름이
던져졌습니다. 무게 없는 상상들이
무거운 바다 위에 섬들 위에 산들 위에

떠 있습니다. 상상들은 제 놀라움 속에
형체와 색깔을 짓고 푸름 속에 푸름의

윤곽을 그리듯 서 있습니다. 멋대로

부풀어오르는 상상의 폭발하는 구름은
측량하는 두뇌의 빗장으로 가둘 수 없고,
바다가 숨쉬는 심장의 들뜬 눈으로는 변형할 수

없는, 분홍빛 용암의 다 타버린 잿빛 강철입니다.
그녀의 입은 그런 것입니다, 구름은 구름의
입술은. 그런 것입니다, 그녀가 엿보는 그녀의 상상은.

밤을 위한 두 조각

1

해변의 현무암들은 파도의 힘과 모양을 생각한다.
해변의 모래알들은 먼바다의 색채와 수평선 너머를 생각
한다.

목장의 풀들은 떨어지는 별들을 먹고
목장의 말들은 다 타버린 언덕을 먹는다.

돌과 나무와 별의 기억이 빛나고 있다.
돌 속에서 주름진 밤이 창문을 닫고 잠든다.

잎의 가느다란 손끝이 밤의 이마를 짚는다.
혼례가 끝난 후 매혹의 촉모는 자신의 분말 속으로 사라
진다.

깊은 돌 속에서 엉겅퀴꽃이 피어난다.
깊은 숲속에서 청샐비어 사이로 밤이 구르다 멈춘다.

2
밤이 밤을 파헤쳐
반딧불이 미광이
검은 모자에서 나온다.

새로 난 골풀 긴 잎의 빛
앞에 녹갈색 꽃.
줄기에서 이어지는 것

아직 제 안에 품고 있는
늪의 밤. 흐트러진
캄캄함이 널브러진

밤은, 밤 너머에 또
밤이 있고, 그 너머에 또
밤이 있는, 밤의 의지보다

더 넓은 습지 대륙, 더
높은 차원의 캄캄함의 늪지.
밤이 제 벨벳 주름에 파묻어 감춘

잠자리 날개의 떨림.
바람의 망사, 새로운 장난이
반딧불이 미광에 입맞춘다.

빛을 위한 두 조각

1

황혼녘에다 널어 말리고 있는 저것은
낮의 심장인가, 꿈의 심장인가, 무한의 심장인가?
하늘은 분홍에서 선홍, 보라, 암청으로
경계를 찢으며 숨넘어가는 색유리를 닫는다.
바다의 망막을 두드리는 고동치는 흐름이
암흑의 묘석 아래 빛을 헝클어트린다.
밤과 잎줄기는 서로 포개져 섞이고
수국과 사프란은 공중에 낮게 떠 있는 걸까?
빛은 목을 벤 꽃잎에서 멎는다.

2

무명천의 기저귀, 하얀 구름이 펄럭이는 여름 하늘.
노란빛과 은빛의 빛줄기가 육욕을 내리쏘는
바다에는 그림자 속에 잠긴 명상들이
반짝이고, 열기가 이글거리는 정오에
모든 향기가 일어나 파도에 젖었다.

너는 묻는다, 모래들에게. 모래의 눈들은
어딜 향해 떠밀려갈 수 있는지.
파도의 샛길, 더 큰 흩어짐에서 어딘가의 안으로 겨누는
슬픔의 노래. 가시는, 태풍은, 영원불멸한 것을
하나도 잃지 않았지. 빛으로 만들어진 것들.

VII

서로 설렌다

바다가 네게 다가오게 하기 위해
너는 무엇을 해야 하는가?
네가 해변이 되면 되겠지.

네가 해변이 되려면 어떻게 해야 하나?
너도 너 자신이 될 수 없듯이
네가 해변이 될 수 없다는 걸 알아야겠지.

다만 네 안에 이미 바다와 해변이 있고
그곳의 바다 또한 해변으로 끊임없이 밀려온다네.
그 감각으로 너는 바다와 해변을 느끼지.

그 느낌으로 해변 모래톱에 바다의 주름을 새기지.
바다는 바다고 해변은 해변이어서
그것들과 너는 고유하고 독립적이어서
하나의 아름다움으로 서로 설렌다.

아침을 위한 한 조각

거리에서 계단을 올라오는 백합꽃에서 아침 냄새가 난다.
아침은 꿈을 파낸 구덩이와 더미로 어수선하다.
유리창에는 쇠약한 햇빛이 금방 소진할 듯 날개 친다.
하늘은 낮게 축 늘어져 파도치는 바다에 조금씩 젖는다.
하늘의 무게를 감당하던 곁의 먼산이 사라져버렸다.
송전탑 고압선의 화음 하나가 가능한 한 길게 이어지고
바람에 흩어지며 떠다니는 마음이 길고 흐린 그 유령 음
에 조율한다.
아침은 아침의 물질에 비치면서 쏟아진, 사물들의 격렬한
정신에 아침을 반사한다.

시간을 위한 미니어쳐

사과가 자신의 공간을 펼치며 떨어진다.
사과의 무게만큼 시간이 빨라진다.
시간을 되돌려 가지에 남긴 꼭지에 다시 매달리고 싶지만
공기의 시간, 땅의 시간, 사과의 시간이
얽혀 짜내는 공간을 말아 치울 수 없거니와
빛하고 나란한 시간에 후진 기어는 없어
사과는 땅에 부딪히고
사과나무는 또 아찔하다.

종소리가 한 잎 두 잎
이미 지나간 시각을 알린다.

창문을 열어 몇 번이고 뒤돌아보며
갸웃거리며 지나가는 구름.

축축한 공기가 뺨을 흐르고
강가에서 빗줄기에 활을 그어 날카로운 소리를 낸다.
청력이 멎어버릴 듯하다.

음악이 멀리서 회전하며 공간을 나선형으로 건축한다.
모든 시간이 나무에서 내려와 불을 에워싼다.
수풀과 밤과 나무와 돌의 유리창은 추위처럼 핼쑥하다.
슬픔을 떨쳐낼 때까지 온기가 공간을 둘러친다.

음악이 두 장의 꽃잎을 파닥이며
소리 위에서 공기를 튕긴다.

사방이 튀어 멀리까지 가지를 뻗고
가지 끝 꼭지에 새벽이 매달린다.
밤은 또 아찔하다.

그늘을 위한 세 개의 조각

1
바다의 가슴에는 잠깐에도
무수한 꽃들이 피었다 진다.
햇빛을 타고 날아가는
여자아이의 외로운 눈끝이
조심조심 물마루를 그러모으고 쓰다듬는다.

2
밤 안에도 여러 겹의 색깔이 있다.
나무와 잎들은 제각기 그림자를 던지며
침묵의 평형추를 가만히 흔든다.
깊은 숲 곳곳에 흰색이 내리고
달은 머틀 잎 그림자에 은색 향을 감춘다.

3
어디에선지도 모르게 세월이 찾아와 머리 위 하늘 잎들
이 무성하고나.
공허한 소리로 색이 바래고 스러져간다.
세월은 동공으로 숨어들어 이미 보이지 않는다.
불꽃에 시간이 엉겨붙어 촛대 그림자는
쇠비름으로 미끄러져 반그늘의 언덕이 달아난다.

웅덩이는 생각한다

웅덩이는 생각한다, 웅덩이는 생각한다
줄풀들과는 다르게, 줄풀들과는 다르게

움푹 파인 건 생각이 아니다, 생각이 아니다
파인 데 고인 물은 생각이 아니다, 생각이 아니다

물에 비친 영상은, 물에 비친 영상은
물의 생각이 아니다, 물의 생각이 아니다

물이 생각할 때, 물이 생각할 때
잠자리 눈에 비친 물 영상에, 비친 물 영상에

떴다 스러지는 영상들이, 떴다 스러지는 영상들이
물의 생각이다, 물의 생각이다

웅덩이 물에 비친 영상은, 물에 비친 영상은
웅덩이의 생각이다, 웅덩이의 생각이다

좀개구리밥은 생각한다, 좀개구리밥은 생각한다
개구리밥과는 다르게, 개구리밥과는 다르게

웅덩이는 생각한다, 웅덩이는 생각한다
웅덩이에 고인 물과는 다르게, 고인 물과는 다르게

고도 5,596미터를 위한 두 개의 부품

1

먼 산 높은 곳에 흰고래가 헤엄친다.

오를수록 낮게 엎드린 나뭇가지에는 빛나는 물고기들이 매달린다.

인간이 없는 산정에 죽지 않는 늙은 눈 무리가 하늘에 비친다.

새벽은 주홍빛으로 물들고 저녁은 같은 주홍빛이다.

하늘을 두드리는 산정의 거대한 돌과 오래된 눈은 같은 고래의 흰 뒤집힘이다.

녹지 않는 기억은 길이 끝나고 돌이 시작하는 길 위에 쌓여 있다.

수면을 뚫고 산소를 호흡하는 고래의 흰 주둥이가 하늘의 문을 두드린다.

당나귀의 재갈 물린 입과 콧구멍이

높은 고갯길 파란 하늘에 흰구름을 끓인다.

비는 산을 달려내려와 협곡에서 발광한다.

2

드러내기도 하고 감추기도 하는 안개의 걸음은

직선으로 올 수 없는 전령의 걸음이기도 하다.

숨이 차도록 애달프게 오르는 저 먼 산은

인간이 그 육체를 한 발 한 발 간절하게 밟아가고 있음

에도

　가깝지 않다. 얼굴이 닿을 듯 가까워서
　숨이 그것에 닿아 표면이 흐려지기도 한다.

　분명히 멀리서 산은 움직이지 않고 안개를 풀어 움직였다.
　시끄러워지고 빛나는 산정은 더 가까이 움직인다, 가슴을
뚫고 폐를 부풀리며.

　이의가 제기된 산정은 지금 내뿜는 담배 연기로 싸인 비
안개로 신호한다.
　필터를 빠는 흡입을 넘어서 입안에 사라지는 야크 치즈처
럼 하얀 산정의 얼굴.

아름다운 음악은 어떻게 무가 되어버리는가?

무더운 공기를 자르며 쏟아져내리듯,
소용돌이무늬로 자신을 파고들며,
협곡 사이로 굴러내린다. 미숙하고 무책임하고
서투른, 빗질하지 않은 물의 포효.
서로 같고자 하는 산과 산을,
본능적인 하나를, 이질적인 둘로
절단하는 리본들. 잎이 나기 전
두꺼운 가지에서 흰 빛에 어두운 분홍색
머리카락을 묶고 있는 꽃봉오리들.
낙화하기 전에 봉오리를 맺는 물보라들.
어떤 물방울들은 무리에 섞여 흘러
사라지지 않고 무리로부터 단절된 채
뛰어오른다. 물로 돌아오지 않고
물방울은 산에, 산을 받치는 거대한
돌에, 깎아지른 절벽에 표식을 새긴다.
순식간에, 마르기 전에, 분명히. 세찬
물 덤불이 흔들리는 동안, 물방울이 숨을
쉬는 돌돌 감기는 강물에서 분명히
뛰어내린다. 돌 위에 사라지는 표식
그대로 간청한다, 분명히. 유백색 선율의
금사강, 란창강, 누강의 울부짖음은
장강, 메콩강, 살윈강에 이르러
거친 숨의 탁음이 낮아지며

부드러운 털을 쓰다듬는다. 소음에서
어떻게 아름다운 음이 빠져나오며, 아름
다운 음악은 어떻게 무가 되어버리는가?
협곡의 우스꽝스러운 기관차는 그
질문으로 끊어지지 않는다.

날씨를 위한 두 조각

1

비밀의 물결로 덮여
바다는 스스로에게서 바다를 몰아내었다.
여름은 여름에게서 달아나지 않는다.
날씨를 마시는 유랑하는 유령.
산소에 뚫린 구멍에 눈길을 고정하지 마라.
눈길을 돌리지도 마라. 유령은
보이지 않아도 이미 그곳에 있음이다.
보는 자가 이미 유령의 피부밑에 있다.
기후 안에 날씨의 볼트가 있다.
볼트 하나는 행동하는 행동이다.
여름의 볼트는 헤아릴 수 없다.
날씨는 털갈이를 한다.
날씨 너머에 날씨가 있다.
이곳에 폭염하면 그곳에 폭설한다.
이곳에 홍수하면 그곳에 가뭄한다.
이곳과 그곳은 다른 날씨지만
같은 내장의 기후다.
그쪽이 미리 안 것을 이쪽이 다스린다.
이쪽이 볼트하면 그쪽이 너트한다.
기후가 행동한다. 날씨가 유령한다.

2
날씨를
믹서에 넣고—

빛은 빠르게
회전할수록
광채를 숨긴다.

바다와 구름과
바람을 한꺼번에
믹서기에 넣고
맛보는
한덩어리의
검은.

믹서기는 안다.
아무리 빠르게
잘게 오래 뒤섞어도
섞일 수 없는
구름과 바람,
바다. 대기에 회전하다
멈춘 회오리 형상.

친밀하면서 낯선
날씨만 번쩍.
이상하고 기괴한 것에
'주의보' '경보' 이름만 붙을 뿐.

공략, 대책 없이
마신다. 남는
불안. 믹서 뒤에
불완전한.

마음의 무늬

흐르는 시냇물의 소용돌이는
물 흐름과 막아내는 돌의
서로를 배려하는 조화로운 대화이다.
물의 비밀과 돌의 비밀은
서로의 내밀함을 나누어
공유된 비밀의 소용돌이를 만든다.
그것은 물에서도 돌에서도
단독적으로 떼어낼 수 없는
고정된 형상의 반복으로 나타나는
매번 다른 전체에 숨겨진
드러나면 지우고 지우면 드러나는
아름다운 마음의 무늬다.
비밀은 소용돌이무늬로 흩어지는
세우고 허물고 세우고 허무는 흩어짐의 자기 증식이다.

물의 시

1
바다가 하늘로 더 높게 뛰어오르고
하늘에 어둡고 무거운 물덩이가
떠 있는 대칭일 때,
물은 위태롭다.

물의 실
높이 엷어져. 하늘거리는 대기,
줄기 위 커다란 나비,
꽃은 흩어진다. 구름은 닳아
퍼진다. 없어진다.

물이 물을 엮어 짜내는 천.
촘촘하게 짤수록 무거워져
늘어지고 축 처져 물이
깔때기 끝에 모이고 어둡다.

떨어지는 물방울은 비인가,
더 넓게 친 기후의 찢긴 천인가.
세포인가.
울퉁불퉁한 공기를, 굴러떨어지는 물방울은 선택하는가?
물 실. 팽팽히 잡아당긴 물 천 밑에서 아직도 펄떡이는.

2
너는 수천의 파란 물결 층층 사이에 산다.
투명함이 쌓인 파란 물 아래.

바닥 위에 물결, 결결이 덧칠한 위에.
모든 물결이 너를 향해 던졌던 반짝임.

너는 그것들을 희고 검은 건반 위에 쌓아올린다.
너는 바라보네. 바다 너머 저쪽으로

수평선에 부딪힐 듯 스치며 가까스로.
하늘 전체를 가리며 떠오르는 거대한 행성을.

그것은 물의 시, 지구의 시였네.
네가 자주, 매번 거절했던 저 눈길에서
너는, 하얀 악보 위에, 너는 여기에서 기다린다.

네가 저쪽으로 달을 향해 휘었을 때 네가
그것이었나, 아니면 물로 뒤덮인 음악의 군락이었나.

물을 위한 하나의 파편

물속에 그녀의 무덤이 있네.
남해의 물결이 그녀를 그곳으로 데려가네.
유령의 영혼이 물위의 물결로 반짝이네.

잃어버림, 가까운 잃어버림, 물의 숨가쁨.
물의 들판 위에, 증거도 없이.
그녀를 들으렴, 그녀를 들여다보렴.

선창에 물의 실신, 물방울의 장난.
파도의 희롱, 달리는 물방울의 눈길.
물방울들은 빛을 지키네. 그녀의 눈빛.

누가 뒤지는가, 해안 가까이
슬픔이 굳은 모래. 누가 뒤지는가,
그녀의 죽음은 바다보다, 유령보다

하나 더 깊었네. 바다 전체가 통째로 걷기 시작하네.
그럼, 물방울들이 밀려오는 죽음을, 되돌아가는
그녀를, 잔물결 속삭이는 잔물결이 실어 옮기네.

한여름

한여름은 끈적끈적한 거미줄로 시작해서, 끊어질 듯 이어
지는 바이올린의 소름 돋는 고음으로 그어대다가, 독차지하
는 매미 소리 주변으로 온갖 곤충과 번개 치는 소나기, 물방
울 듣는 찰랑이는 소리로 부푼다.

오토바이 머플러, 자동차 엔진 가속, 클랙슨 소리는 요리
조리 개입하는 극적 긴장이다.

한여름은 여름의 중앙이며, 그 너머의 시공은 없다.

태풍을 위한 한 조각

거대한 바람은 어디에서 일어나 불어오나.
빛바래고 창백한 곳으로 사납게 가라앉아
해조류 펼쳐진 소용돌이치는 태풍의 영역으로 들어간다.

옥죄는 돌, 뭔가 때늦고 거대한 영원이, 너의
숨 속에 숨겨진 소리 진동이, 섬유 하나가
어떤 현, 멀리 떨어지는 은빛, 말똥가리 날개, 손이 아닌
회전하는 갈퀴가

먼 하늘의 미동, 경련하는 구름을 뒤집으며
회전하는 놋 주걱이, 하늘보다 깊은 거대한
슬픔을 흩트린다. 높이 일어서는 광활한 물 덩어리
뒤에 문이 있다는 듯 너는 연다. 대답할 것 같은 바다를.

언덕이 언덕에 올라

밤, 그리고 숨은
숨 자신을 듣는다.

절벽의 더듬거림. 끝과 바닥.
수천의 바람이 떨림을 땋아내린다.

겁먹은 바다의 끝없는 퍼져나감.
소스라치는 발끝 세심한 잔물결을 내민다.

그리고 언덕에 먼빛
꿈들은 위로하는 어둠을 단호하게 자른다.

새와 새 사이 길
풀대와 대 사이 야윈 밝음의 절룩임.

그런 다음에 갑자기 숲,
초록 어둠이 암흑을 비춘다.

언덕이 언덕에 올라 언덕 너머를
넘본다. 그리고 가파른 밤. 끝없이 바다. 고랑 짓는.

VIII

한 음의 연구를 위한 미니어처

한 음의 지속적인 음조는 망원경으로 확대한 듯 순간을 확장한다.

이 음, 이 순간도 언젠가는 정적에 닿으리라.

이 삶, 이 폭설도 어딘가에서는 그치리라.

"정지 또는 동일하게 유지되는 것은 불가능합니다.":
라 몬테 영(La Monte Young), 〈Compositions 1960 No. 7〉, 1960.
악보 전체는 B3와 F#4의 두 음표와 "오랫동안 유지될 것"이라는 연주자가 따라야 할 지시로 구성.

최소한의 음표 구조와 혁신적인 화성 기법에 적용된 미시적 세부 묘사:
지아친토 셸시(Giacinto Scelsi), 〈Aitsi〉, 1974.
증폭 피아노(전자 건반 악기 '온디올린')를 위한 마지막 작품. 지속되는 피치(음높이)가 왜곡되어 있는데, 우연히 테이프 레코드의 오작동으로 생겨난 것을 기법으로 받아들임. 친구 앙리 미쇼의 죽음이 그의 창작 욕구를 촉발하여 1985년 현악 4중주 5번으로 편곡됨.
제2차세계대전 중 셸시의 아내는 그를 떠났고 그는 일종의 심리적 쇠약을 겪었다. 그의 치료는 피아노에서 한 음을 계속해서 연주하는 것으로 이루어졌다.

돌담을 위한 한 조각

십이 깃털이고 구십이 신경인 새.
십이 수분이고 구십이 먼지인 돌담.

꿈들이 어떻게 세포들을 상처 냈는지.
꿈들이 어떻게 먼지들을 불어 날렸는지.

고개 들어 청명한 소리를 굴리는, 새의 울대는 죔쇠인가?
색이 번져 창공을 섞는, 먼지는 반짝이는 신호인가?

가슴의 밤이, 심장의 소리를, 새의 입은 스치지 않는가.
발톱 밑의 돌담은 여전히 불타는가?

꿈꾸면서 가지는 짙어져가는 잎들과 함께, 새를 혼자 둔다.
그리고 신경이 번쩍이고, 먼지 하나가 실패하고 다른 하
나는 애쓰리.

꿈의 발걸음에 홀려 수분이 눈을 뜨고 돌담은 침묵하리.
아, 이 밤, 먼지가 찰 때까지 별들의 소리는.

마음을 위한 한 조각

촘촘한 녹색 줄기, 댓잎들이 하늘에 커튼 치며 뻗어오르
는 거대한 대나무밭에
　바람이 들어간다. 휘젓고 돌아다닌다.
　바람은 저를 불어 밀고 당기는, 바람의 마음을 알지 못
한다.

　바람의 마음은 미세하게 흔들리고 거칠게 요동치는
　줄기들이 연쇄적으로 부딪치며 딱딱거리는
　대나무들의 외침 속에 있다. 앞뒤 좌우 사방으로

　물결이 자갈을 굴리듯 쏟아지는 소리 파도 속에 있다.
　저 자신이 자신을 떠밀어 움직이는 걸 바람이 모르듯
　바람은 대나무, 잎과 줄기를 건드리고, 거세게 떠밀고

　대나무와 대나무 사이를 휘돌고 헤집는 저 자신을 모른다.
　대나무는 자신을 밀고 젖히는 게 바람인지 저 자신인지
모르는 채,
　대나무의 마음은 돌풍 속에 혼란스럽게 떠돈다.

　너는 바람과 대나무가 빚어내는 인과적 반응을 네 마음의
표지로 아름답게
　의인화하여 채색하고 있지만, 대나무는 대나무의 마음으
로 바람과 너를,

바람은 바람의 마음으로 너와 대나무를 채색한다.

눈을 감고 입을 닫는 의식은 너의 의식도, 대나무나 바람
의 의식도 아니다.
미스터리한 마음은 너와 바람과 대나무 주위에서 자신들
조차 모르는 더 높은 위상의 그물망에서
MP3가 소리를, JPEG 파일이 이미지를 변환하듯 그것들
각자의 방식으로 번역하는,

마음은 너와 대나무와 바람을 둘러싼 사이의 심연에서
그것들 각자의 입장에서 관찰된, 그것들 각자가 비쳐 반
사하는 미적 효과다.
네 감각이 바람과 대나무에 닿을 때, 바람의 대나무의 마
음은, 너에 닿아 너를 들여다본다.

선잠을 위한 한 조각

끌어당긴다. 죽음으로부터
흡입 모터를. 산맥으로부터
낱낱 설산 주름을.

호크 봉합 선잠으로부터
단추 개복 꿈을. 어둠상자
속에 눈을 집어넣으면

미궁의 거대한 포효.
잠 속에서 시간이 점점
커진다. 뇌 안에서 잠이

부푼다. 식탁에 기댄 채
잔 받침에 놓인 찻숟가락으로,
공원 산책하다 선 채
잠들어 어느 집 현관을
들여다보는 망원경으로 깨어난다.
모형 전조등으로 기어가는

시각 애벌레. 확대하는 잠이
시간의 큰 덩어리를 통째로
잃어버린다. 불투명한 망각이

망원경 뒤쪽에 앉아 있다.
시한장치 깜박거리는
폭약의 잠.

두 조각

해체와 죽음

나무에게 죽음은 어떻게 오는가?
무성한 가지와 몸통이 다 잘리고
그루터기와 뿌리만 남은 나무에
여리고 연약한 가지가 돋아나 연두색 잎을 펼쳤다.

수액이 말라 나무의 형태로만 서 있는
고사목이 나무의 죽음이라면
고사목의 죽음은 어떻게 오는가?
생명체의 죽음이 생명의 끊김이라면
비생명체의 죽음은 물질의 해체인가?

울산바위, 사모바위, 몰운대의 죽음은 어떤 것인가?
형태가 변해 이름을 잃는 것이 그들의 죽음이라면
저 이름도 없이 박혀 정지한,
저 까닭 없이 뒹구는 돌의 죽음은 어떻게 오는가?

비

숲에 수많은 나무, 수많은 풀,
식물은 제각각의 이유로 서로 뒤엉켜 있다.
그들은 보지 못하고 알지 못하는 저멀리

수백 킬로 떨어진 곳에서부터 쏟아지며
빠르게 다가오는 비의 힘을 느낀다.

흙과 모래, 돌멩이 사이로, 생명과 비생명의 뒤엉킴 사
이로
곤충들이 빠르게 움직인다.
그들은 공기에 섞인 수분의 양을 감각하고 생각한다.

만년의 무게로 꿈적 않는 드문드문 붙박인 저 돌들은, 저
절벽은
수백 킬로 밖의 빠른 속도의 질주를, 비와의 원격 접촉을
바짝 마른 외피로 감각하고 그들의 현존 전체로 느끼고
생각한다.

그들은 그들이 알지 못하는 죽음에 감응하고, 그들의 물
질적 해체를
단계마다 다각도로 광범위하게 맞닥뜨리고 조절한다.

의지를 위한 여섯 개의 퍼즐 조각

1

해안에 가끔 고래가 올라와서 죽는다.

초음파 신호의 오류로 길을 잘못 든 거라고 인간은 분석하지만,

바다나 해안의 측면에서는 고래의 의지다.

인간은 의식을 통해 의지를 통제한다고 생각하지만,

해변에 좌초하여 자발적 죽음에 이르는 것처럼 보이는 고래처럼

고래의 의지, 바다의 의지, 해변의 의지, 모래사장의 의지, 지구의 의지,

의지는 의식을 넘어서는 어떤 힘이다.

2

인간은 기름이나 희귀 광물을 채취하기 위해 해저 십여 킬로를 내려갔다가

가끔 물 밖으로 나오지 못하고 죽는다.

심해 다이빙 슈트를 입고 물밑을 걸어갈 때

물의 의지는 말한다.

인간의 언어와는 다른 방식으로.

3

스타니스와프 렘은 표면 전체가 바다인 행성 솔라리스에 대한 이야기를 언어로 남겼다.

지적 생명체인 바다는 그곳에 온 우주비행사의 기억을 변
형 복제, 재생하며
　자아 정체성을 교란하는 방식으로 그에게 말을 건다.
　행성의 지적 생명체가 지구인에게 해를 끼치거나 공격한
다지만,
　솔라리스는 단지 말을 거는 것뿐이다.

4
지구는 인간의 환경이 아니다.
인간이 없어도 존재하는 행성이다.
우주는 지구의 환경이 아니다.
우주에서는 수많은 행성이 탄생하고 소멸한다.

5
뇌에서 생겨난 생각은
머리 바깥으로 나와 뇌를 생각한다.
지구에서 생겨난 인간은
지구 바깥 우주에서 지구를 생각한다.

6
지구는 인간에게 말하지 않는다.
지구는 햇빛에 반짝이며 푸른 색깔을 띠고 구름에 덮여
지구는 바깥에게 속삭이고

홍수와 지진, 폭풍, 해일, 이상기후로
지구는 안에게 말한다.
지구에서 생겨난 생각은 지구의 의지를 듣는다.

불 켜진 창을 위한 한 조각

창은 밖을 보여주지 않는다.
안의 소용돌이에서 나온
모든 비밀스러운 것들이 서려 파닥인다.

닫힌 안은 입김을 불어넣는다
유리의 단단한 귓속으로.
끝없이 듣는다. 네 안에 서 있는

바깥을 둥글게 뭉친다. 그리고 비춘다.
부싯깃 앞 창문이 바깥으로 어두워졌다. 그 뒤에서 찾았던
숨이 맞부딪힌다. 그리고 창은 빛을 들이받는다.

두 조각

1

죽음 이후에도 분명하게 존재할 때
사물의 죽음은 어떠해야 하며, 죽음은
어떤 장소인가? 벽의 균열은
벽의 죽음인가, 벽의 시선인가?

꽃나무의 시선을 꽃이라 여기며
우리는 나무 앞에서 꽃에 눈 맞추지만
나무는 수많은 잎눈과 꽃눈으로
우리의 열과 빛을 느끼고 수분을 감지한다.

하늘에 떠 있는 무수한 돌과 쇠들.
별은 돌과 쇠의 시선이며, 돌들 사이에서 빛난다.
별은 모든 사물 안에서 다시 생겨난다.
그것은 별의 죽음인가, 사물의 씨앗인가?

2

죽음은 이유가 없다. 그 어떤 죽음도
이해할 수 없고 설명할 수 없다.

아무런 상관관계 없이 용도를
삭제하고 이유를 제거하고

거기 멀리 나지막한 언덕이나
혹은 가까이 여기 머물러 있는 손톱깎이, 마우스는······

사물은 죽음과 같다.
죽음의 물질적 등장이다.

그럼에도, 그렇기에 사물은 내 느낌에 끼어들고
죽음은 나를 놓치지 않는다.

새벽을 위한 세 조각

종이

바탕에서 빛이 올라오는 듯 종이는 희다.
빛을 막아 눈부심을 막는 종이의 환함.

불명을 뚫고 검은 글자가 꿈틀거린다.
맥박의 리듬이 가느다랗고 약한 움직임을 만든다.

종이는 밤의 검정에서 새벽의 하양까지 무채색으로 박
동한다.
손가락의 꿈틀거림은 심장의 꿈틀거림과 일치한다.

연필은 종이와 손의 리듬을 진정시키며 벼락의 길을 캔다.
날이 흙을 갈아엎을 때 가끔 부싯돌에 부딪혀 불꽃이 튄다.

불빛에 드러나는, 종이에 파묻은
의미의 구멍들, 죽은 재들이
지금 없는 것들에서 꿈틀거린다.

음악

수면 아래 하늘이 덮은 침대.
차디찬 파도 시트가 낯선 알몸을 품는다.

새벽이 공기에 담뿍 들어찬다.
새벽의 몸안에 들어 있는 물에 잠긴 음악.

성냥이 빠르게 부딪쳐 불 켠다.
꽁다리만 남은 검게 그을린 노래가 유리 재떨이에 놓인다.
바깥 들판이 창문을 눈에 쓰고 안을 읽는다.
침묵이 계속해서 책을 읽는다.

어둠이 나선형 나무 계단을 아주 조용히 한 계단씩 끝이
없다는 듯 밟아 내려간다.
휘어지는 바람이 대나무 잎을 스치며 침묵에서 소리를 훔
쳐낸다.
새벽의 뇌 속으로 침묵을 뚫어내는 통로가 만들어진다.
위험한 삶이 어머니 안에서 불을 끈다.

한 음이 첼로 현을 목 조르듯 아주 거칠게 긁자
바로 눈앞에서 아침이 콕콕 쪼며
점점 더, 이와 반대로
라고 지껄인다. 시간은 소파에 누워 죽어도 된다.

새벽

밀폐된 방에 빛이 들어와 차오르고

물에 뜨는 숨은 빛에 닿아 부서지네.
새벽빛이 대기에 가득차 빛의 물결이
흘러넘친다. 흰빛이 쌓이고 쌓여 세상이
천장 끝까지 하얀 새벽으로 빛날 때

시간의 반들반들한 검은 눈알에서 갓 태어난
새벽은 조수에 담긴 잿빛 바다의 큰 눈으로
너울 자락을 밀며 새벽의 내막을 밀치며
가로막는 입술을 옹알이로 툭툭 치며 파랑 끝에서 더듬
거리네.
몸은 없고 새벽의 흰 젖이 앞을 보네.

생각을 위한 다섯 개의 모음

1
생각하기는 움켜쥔 손의 어두운 내부로
사라지는 것. 자기 안에서 자기를 품는다.
수태되는 것은 자기도 타자도 아닌 미래다.

미래는 출생한다. 시간의 내부에서
더 격앙된 시간이 존재하기 시작한다.
생각하기는 한 존재의 삶으로 뛰어드는 다이빙이다.

한 생각은 하나의 사물, 하나의 있기,
살아가기, 존속하기다. 생각을 뚫고 들어가는
것, 생각에 자신을 주는 것은 자신을 잃기다.

잃기는 완전히 주는 것이며 망각에 닿기다.
망각은 멸종이 아니다. 망각된 것은 망각된
것들끼리 뒤섞인다. 망각은 또하나의 귀한 생각,
기슭을 잃은 광풍으로, 속삭이는 절벽으로 산다.

2
사막의 모래알 안으로 들어오라.
여기서는 생각이 멈춘다.
모래알이 모래알을 떠받치거나 위에 올려져 있을 뿐
모래알은 모래알을 바라보지 않는다.

선인장의 다육질이 너의 거주지가 되리라.
선인장의 가시로 아스라한 지평선을 보게 되리라.
가시의 눈이 새벽에 눈뜨는 사막의 눈을 찌르게 되리라.
사막의 평원과 구릉 위에 너의 염통을 누인다.

이렇듯 생각의 멈춤, 순간에 모인 느낌들.
너 자신의 임종에 내건 조등을 들고
너는 사막의 문을 연다.
네가 들어왔던 장소를 비추면서

모래알들이 몰아치는 사막에 모래 결 무늬를 그리며
  사막의 문자로 침묵 속에 느낌이 말하는 걸 너는 보게 되
리라.
  사막이 생각이다.
  보는 순간 너는 느낌으로 알게 되리라.

3
모든 그림자는 자신의 실체들과 꺾쇠로 연결된다.
몸통에서 가지가 자라나고 잎이 무성해지면
잎들의 그림자는 꺾쇠를 풀고 나무의 살 위에
피어난다. 다채로운 꽃들의 배경이 되는 검은 꽃.

육신의 살이 정신으로 바뀌는 순간의 무채색 꽃.
나무의 그림자는 나무의 생각인가? 살과 생각은
꺾쇠로 결합하여 언제나 분리될 부분인가?
그림자는 실체들의 생각인가, 태양의 생각인가?

구름과 구름 그림자 사이에는 꺾쇠가 없다.
그리하여 모든 그림자는 태양의 흔적이다.
모든 실체는 태양과 그림자를 묶어놓는 꺾쇠인가? 또는
꺾쇠는 나무와 나무 그림자와 태양을 순환하는 생각의 살
인가?

4
거울 앞에 전기면도기가 놓여 있다.
전기면도기가 약간의 진동과 소리를 낼 때와
스위치가 꺼져 있을 때의 생각은 다르다.
전기면도기의 생각은 거울에 비치지 않는다.
형태가 없는 생각은 없다.
느낌이 생각이다.
빠르게 작동하는 면도기를 느낄 때
면도기는 전과 다르게 느낀다.
느끼는 것이 보는 것이다.
거울 앞에 서보면 알 수 있다. 거울 앞 전기면도기는
보지 않는다고 생각하는 만큼 느끼지 않는다.

느끼지 않는다고 생각하는 만큼 보지 않는다.
않는 만큼만 전기면도기는 죽어 있다.
죽어 있다고 생각하는 전기면도기는 아름답다.
아름다움에는 요동, 위협, 실신을 지나 죽음이 일어난다.
아름다움이 느끼는 전기면도기는 비생명체
든, 생명체든 느낌이 일어나는 만큼 생각하고 산다.
라고 적고 읽는 전기면도기의 시가 있다.

5
생각은 기억 반응이다.
기억은 생각과 비생각, 즉 상상과 실재를 모두 포함한다.
상상과 실재는 주파수만 다를 뿐, 명확하게 나누어지는
건 아니다.
주파수는 맥락, 즉 관련성을 말한다.
라디오 수신기는 전파에 반응한다.
전파를 수신하여 지지직거리는 알 수 없는 소음을 출력
한다.
인간이 알 수 없을 뿐
소음은 라디오가 반응하는 생각이다.
전파는 기억 흐름, 즉 인간과 비인간 모두를 포함하는 기
억 전체의 흐름이다.
인간의 손이 다이얼을 돌려 주파수를 맞춘다.
인간의 주파수에 맞는 방송이 흘러나온다.

그 소리는 라디오에게는 비생각이다.

라디오는 생각과 비생각, 인간과 라디오 모두를 포함하는, 즉 생각 전체의 흐름 속에 있다.

라디오는 생각한다.

라디오는 기억한다.

두 조각

연락선 상갑판

나쁜 날씨는 없다.
바다가 아득히 넓은 표면을 울렁거리며
트램펄린 검푸른 매트 위에서 물이 솟구쳐 점프하고
바다가 이빨을 다 보이게 웃으며
등가죽에 붙은 연락선이 뒤뚱뒤뚱 바다를 놀린다.

상갑판 위 빈 한라산 소주병이,
파도의 첨단과 바닥에 기울며
부드럽게 시소 타듯 갑판이 출렁거릴 때마다,
이 끝에서 저 끝으로 구석구석
구르며 갑판을 가지고 논다.

너는 연락선 상갑판을 사랑했다.
너의 엉덩이를 상처 입힌 등받이 없는 간이의자를
아니, 그것들은 무어링 로프 지지대였다.
무엇이 어쨌든 너의 엉덩이는 축축하다. 날씨, 그게
　바다, 배, 소주병, 엉덩이를 연쇄적으로 비벼대기를 멈추
지 않는다면.

우도

오늘 당신은 정말 우습구나. 약간 왼쪽으로 기운 전봇대처럼.
바다가 늘 곁에 있었는데
바다가 가르릉거리는 거대한 생명체로
물결털을 세우고 끊임없이 달려든다는 걸 알았지.

섬 위의 하늘이 먹장구름으로 어둡게 뒤덮여도
미스터리하지 않고 하나도 다크하지 않아.
꿈에서 깨게 하려고 두꺼운 이불을 잡아당기거나
당신을 무섭게 하려고 이불을 펼쳐 전등을 가리는 것 같았지.

잠들어 있던 게 우도였나요? 아니면 당신이었나요?
우도는 오른쪽 다리로 왼쪽 다리를 휘감고 있었어요.
우도는 당신의 다리에 비와 바람의 스판 레깅스를 입고 있는 것 같았고
우도는 당신을 웅장하게 음미하고 있었는데, 어서 돌아와요. 당신 어디에 있나요?

내밀함

　너는 한밤중에 모기의 왱왱거림으로 깨어난다. 아니, 소변이 마려워 깨어난다. 모기는 너를 어떤 형상으로 몽상할까? 일어나 침대 아래로 발을 내리고 전등을 켠다. 방금 네 발자국이 남아 있는 바로 그 바닥에 지네 같은 긴 촉수와 꾸무럭거리는 짙은 갈색의 몸통과 여러 개의 다리를 버르적거리는 너무나 이질적인 벌레가 있다. 공포가 거기 있었다. 그것이 너를 해칠 거라는 공포가 아닌 낯선 것의 등장이 주는 공포감. 벌레는 너를 어떻게 느낄까? 침대 왼편 하얀 벽에는 못 보던 자국이 있다. 가까이 가서 들여다보니 송충이 같은 털로 감싸인 돈벌레 같은 여러 개의 다리의 벌레가 검은 얼룩인 듯 꼼짝 않고 있다. 너는 휴지 두 장을 뽑아, 손에 느껴지는 이물감이 싫으니까, 바닥에 있는 벌레를 감싸 악력으로 누르지 않고, 손안에서 죽는 것은 싫으니까, 화장실 변기에 던지고 물을 내린다. 너는 안도한다. 저곳으로 보내버렸으니까. 그러나 저것이 급류를 거슬러 변기통 밖으로 다시 돌아오지 않을까 하는 공포가 다시 돋아난다. 흰 벽의 벌레는 네게 자국이 아님을 확인시키듯 침대 더 가까이 이동해 있다. 너는 공포의 여진 속에서 이걸 어떡하나 생각중인데, 그것이 네 마음을 읽은 듯 재빠르게 벽과 침대 틈새로 사라진다. 너는, 그래 이 집은 내 것이 아닌 그들의 것이니까, 하며 그것의 마음을 안다는 듯 자신을 위로한다. 바로 그때 너는 자신의 뒤에 누군가 서 있는 듯한 이물감을 느끼고 두려움에 짓눌려 천천히 조심스럽고 어색하게 뒤돌아본다. 열

린 방문 저 밖에 불빛이 닿는 테두리 그 바깥에 어둠 속에
유령 같은 낯선 이물감의 무엇이 서 있다. 어떤 내밀함의 나
타남이 주변 내밀함을 변형시켜버리는, 너를 빤히 쳐다보
는 빽빽한 내밀함에 너는 둘러싸여 갇힌 듯하다. 내밀함에
는 집도 배경도 세계도 자연도 없다. 너는 빽빽한 내밀함들
가운데 눈에 잘 띄지 않는 작은 하나의 내밀함일 뿐이다.

목소리를 위한 두 조각

쓰레기와 함께 시작하기

모든 사물에는 목소리가 있다.
유일하게 인간만이 그 소릴 듣지 못한다.
보고도 보지 못하고 들어도 듣지 못하는 인간이여,
눈을 감고 귀를 닫고 느낌을 열고
네게 다가오는 소리에 반응하라.

비탈의 목소리

눈 내리는 산비탈에 해가 비친다.
눈 내리고 쌓이고 천천히 녹아가는
겨울의 얼룩들이 비탈의 목소리가 되리라.

모래흙이 젖고 마르고 다시 젖는, 시간에
마멸하는 비탈의 목소리는 시커멓게 낡은,
무로부터 오는 부재의 노래일 수밖에 없으리라.

비탈은 넓어지는 망각으로 해체되리라.
깊은 비참으로 높이 솟아오르리라.
죽음 속을 내려가는 비탈이 있는
이 산이 또하나의 꿈이다.

IX

209

정신은 나무의자를 놓으려 애쓴다

밀물에는 바다에 잠겨 상상으로 보는 동굴.
물이 빠졌을 때만 갈 수 있는 동굴
바닥 울퉁불퉁한 돌 위에 정신은
나무의자를 놓으려 애쓴다.
이때 정신의 애씀과 의자 다리의 애씀은 같은 애씀이다.

정신이 뾰족해지고 날이 서서 골이 지끈거린다.
골이 지끈거리는 게 정신이 예민해져서 그런 거라지만
쓰러지지 않고 평평하게 지탱하기 위해
바닥도 의자도 집중하고 날이 서고 예민해지긴 마찬가
지다.

이때 정신은 동굴 벽과 천장, 바닥의 돌들과 모래,
조금씩 부풀어오르는 바닷물과 나무의자와 뇌 그 이상이
얽혀 있는
촘촘한 그물망 어딘가에서 그들 각자의 정신인 것처럼 깨
어난다.

들판 한 그루 나무 뒤에 흰 천 스크린을 설치하고* 사진
찍을 때
사진작가의 상상과 상관없이 나무는 나무의 상상을 연기
한다.

동굴에 바닷물이 들어차고 상상을 덮어버리게 될 때
상상은 감쪽같은 물결로 사라지지만
음악회를 상상하며 동굴 바닥에 의자를 놓는 것처럼
밀려드는 바다가 촉발한 동굴의 정신 속에 상상은 물결의
주름으로 남는다.

* 이명호의 사진 작품들에서 아이디어를 얻었다.

바다를 위한 전주곡

잠들지 못하는 물이 여기 있다.
오 바다여
물이 잠자는 소리가 들리는
이상한 침묵을 보여다오.

빛이 음악이 되어 비치는 새벽 먼바다에서
오 바다여
비스듬하게 떠오르며 종소리로 쏟아지는
물에 비친 그림자를 들려다오.

아침 피아노의 첫 조각을 자른다.
오 바다여
돌담과 보리꽃에서 햇빛이 잠 깨는
더 기다릴 높이 없는 작은 병을 비워다오.

경이로움

매혹은 시간을 유보하는 힘이다.
시를 읽을 때 시의 경이로움,
음악을 들을 때 음악의 경이로움은
우리의 현재를 잡아당기고 늘려
시간은 멈추고 현재는 유보된다.

공기 중의 수증기와 산소는 서로에게
매혹되어 산화한다. 산이 금속 표면을
어루만질 때 금속은 경이로워 녹슨다.
한 존재자가 다른 존재자를 끌어당기는 건
경이롭고 매혹당하여 시간을 유보하는 일.

현재를 유보하는 힘은 현존을 반복하는 일.
반복의 강박은 우리가 죽음에 매혹되는 힘.
죽음의 힘은 무기물의 현존을 반복하는 일.
검은 돌은 내적 평형상태에서 침묵한다.
검은 돌은 현존을 반복하며 우리의 시공을

거대하고 느린 시공으로 덮는다.

꿈

모래에 난 발자국은
발에 대한 모래의 꿈이다.

모래가 반짝이는 것은
모래에 대한 햇빛의 꿈이다.

물결 위의 햇빛은
해에 대한 물의 꿈이다.

물에 난 하얀 거품은
물에 대한 배의 꿈이다.

우리의 무의식은 생명체든 비생명체든 우리를 포함하는
것들의 꿈의 꿈이며
우리란 다른 무언가의 꿈의 또다른 무언가의 꿈의 연쇄적
인 나타남이며

무의식은 꿈에 싸인 꿈의 꿈에 싸인 꿈이다.
무의식이란 물방울에 둘러싸인 물방울의 물방울의 물일 뿐

물은 무수한 물방울의 전체가 아닌
물방울에 비친 물방울

에 비친 물방울의 꿈이며
꿈은 물방울의 실재이고 물의 무의식이다.

네 개의 퍼즐 조각

꽃 피는 나무

뜨거운 바람. 황홀경으로
부풀어 터지는 꽃봉오리와 차가운 잎사귀.
꽃 피는 나무의 숨가쁜 중얼거림.

노천 시장

노천 시장의 샛길이 별들의 영원으로 통하는,
불빛이 바람에 날리는 먼 집들의 뒷벽.
하늘의 물결이 일렁이는 웅덩이, 오솔길은 자갈들의 저
녁 식탁.

밤

밤은 제과점, 케이크의 하얀 내부로
들어가는 유리문은 방울소리를 낸다.
설탕으로 가득한 자기 생각들과 싸우고 밤은 불분명하게
웃는다.

카메라

반짝이는 물방울의 수천 개의 입들이 강물 위에서

재잘거린다. 카메라의 머리는 빛 속에서 헤엄치며
모래의 꿈들이 렌즈 속에 버석거리게 내버려둔다.

히아신스의 꿈

인동 잎사귀 위 이슬이 세 개의 물 구슬이다. 잎은 그 위에 놓인 이슬들을 반사한다. 이슬들은 서로를 반사하며 이슬에 반사된 하늘과 나무의 다른 잎사귀와 너의 눈을 반사한다.

너는 다른 사람들의 마음에 반영되고, 각각의 다른 사람들은 또다른 사람들의 마음에 반영되고, 사람들의 마음은 네가 보는 사물들과 네가 보지 못한 사물들의 마음에 반영된다. 사물들의 마음은 또다른 사물들의 마음에 반영된다.

네가 낮잠에서 깰 때 너와 맨 처음 눈이 마주친 밀짚모자에게 네 꿈을 들려주었다. 말을 모르는 밀짚모자는 네 꿈을 알았을까?

기지개를 켜면서 한 걸음 내딛다 너는 어제 물병에 꽂아둔 선반 위의 파란 히아신스가 꿈에서 깨는 걸 우연히 발견한다. 히아신스의 꿈은 히아신스만 알 뿐 말할 수 없다.

애도

어스름이 내리기 직전 세상의 모든 색채는 음악이 된다.
윤곽이 분명해지는 저 속에 뭔가 들뜨고
뭔가 열정적이면서 슬픈
지나치게 깊어 들리지 않는 뭔가가.
숲속 어딘가 높은 곳에서 혼란스러운 잎 몇 개가
거의 미동 없는 바람에 꿰뚫리고
오케스트라의 부풀어오르는 공간들이,
울려퍼지기를 기다리며 긴장으로 숨죽인 악기들이,
소리의 출발을 위해 침묵에 고정될 때
절명의 순간까지 버티던 분홍색 시선이
씁쓸한 향을 퍼트리며 오래전에 지나친 애도를 관통한다.
고동치는 세상은 사물들에게 아무것도 숨길 수 없다.

데이비드 봄의 『전체와 접힌 질서』 스핀에서 바스러진 두 개의 부스러기

1

의식과 물질은 분리된 다른 게 아니라 같은 것의 다른 측면일지도 모른다.

피아노가 한 음표를 연주할 때, 그 음표는 소리라는 물질로 발생하고, 우리는 그 물질을 지각한다.

지각하는 순간 그 물질은 기억(의식) 속으로 흩어진다. 실상은 흩어져 점점 희미해지는 것이 아니라 접힌 질서 속에 주름으로 함축된다.

한편 피아노가 내는 소리 물질을 지각할 때, 우리의 몸과 마음은 감각에 반응한다. 물질이 몸과 의식 속으로 흩어질 때, 몸과 의식은 현재 지각하는 물질과 기억 속에 내포된 다른 물질(의식)을 서로 함께 투영하면서 전혀 새로운 소리 물질로 변형하여 몸과 기억(의식) 속으로 울려퍼진다.

같은 방식으로 계속 이어지는 지금의 소리 물질은 의식 속에 함축된 이전 소리를 불러내어 이전과 지금이 연속된 선율로 울려퍼지면서 음악이라는 질서를 전체 질서 안에서 명시적으로 드러낸다.

어쩌면 접힌 질서인 내포된 의식이 전체이고 그 바탕에서 어떤 특정한 질서의 흐름에 의해 어떤 에너지를 경험할 수 있을 때 우리는 그것을 물질이라고 부르는지도 모른다.

2

생명과 무생명은 분리된 다른 게 아니라 같은 에너지의 다른 나타남일지도 모른다.

　나무나 풀 같은 식물을 생명이라고 하듯, 우리는 숲을 생명이라고 한다. 숲은 변화하고 생장하기 때문이다.

　반면에 바위 절벽과 흩어진 돌과 흙 알갱이를 우리는 무생명이라고 한다. 그것들은 변화하고 생장하지 않는다고 믿기 때문이다.

　그러나 숲은 사계절이라는 시간의 흐름을 따라 느리게 변화하고 외연적이어서 우리가 그 생장을 뚜렷이 느낄 수 있고, 돌은 그 변화의 주기가 훨씬 짧고 내포적이어서 우리가 느낄 수 없을 뿐인지도 모른다.

　생명과 무생명은 같은 에너지의 바다에서 다르게 나타나는 잠깐의 물결이다.

　생명은 어디까지가 생명이고 무생명인지, 무생명은 어느 부분이 무생명이고 어느 부분이 생명인지 명확하게 구분되지 않는다.

서랍장을 위한 미니어처

고민을 해소하는 수많은 요령 중 하나.

생각의 평면에 고민을 차례차례 늘어놓을 것.

이때 다차원 입체 고민을 이차원 평면에 얹을 축소 모형 제작이 필요함.

늘어놓은 축소 모형 중 가장 큰 고민을 서랍 달린 서랍장 모형으로 할 것.

서랍장의 서랍 안에 고민을 하나하나 구부리고 찌그러뜨려 집어넣을 것.

고민이 서랍 안으로 들어가고 서랍장 하나만이 단순하게 남았을 때

맨 위 서랍 안에 든 고민을 꺼내 확대 렌즈로 세부를 들여다볼 것.

특히 서랍과 서랍장, 서랍과 고민이

어떤 구조로 얽혀 있는지 연결 부위를 세밀히 볼 것. 공정 중에 고민이

서랍장의 견고한 틀과 윤기, 매끄러운 서랍의 여닫음이 되었다면,

그 서랍장을 벼룩시장에 내다놓아 이목과 이문과 공모하게 할 것.

물로나 뱅뱅
—최예영에게

불명과 불명 사이에 섬이 있다.
보이지 않는 섬을 네 앞에 불러낸다.
물로나 뱅뱅, 달콤한 우울이 둘러싸고
물로나 뱅뱅, 섬은 낯선 향기로 부풀어오른다.
물이 너에게서 섬에게서 어두워져갈 때
물은 섬의 어디를 파고들며 너를 변화시키나?
너의 아름다운 배는 서향나무다.
떠도는 항해는 천일홍의 꿈에 기항한다.

흰빛에 사로잡혀서

어떤 소리는 눈빛들의 방향을 선택하여 떠민다.
아 밤 멀리, 비통을 고백하는 소쩍새의 부리여.

네가 맹세한 상처는 찰박이는 습지 속으로 녹아든다.
언젠가 네가 기생꽃 흰빛을 훔쳤다는 것을.

밤이 흔들렸다. 흰빛에 사로잡혀서.
소리가 아니라, 광채가 어떤 상처에 깜짝 놀랐나?

흰 말들이 먼동 너머로 빠르게 되돌아간다.
소리가 잦아드는 곳으로 여름의 놀이는 천배로 번성한다.

네가 추방한 정원이 눈멀어 방랑한다.
네 눈을 채우는 꽃받침 위에, 너는 오래 머무른다.

흔들어라

바다는 안다. 그 속에서 바다를 신뢰하지 않는 깊이에 대해서.

음악은 안다. 그 안에서 노래를 신뢰하지 않는 선율에 대해서.

유리는 안다. 투명함 속에서 유리를 신뢰하지 않는 심장에 대해서.

눈은 안다. 눈동자 속에서 눈을 신뢰하지 않는 영혼에 대해서.

전나무는 안다. 목질 속에서 전나무를 신뢰하지 않는 도끼에 대해서.

매는 안다. 하늘에서 매를 신뢰하지 않는 날개에 대해서.

섬은 안다. 섬 안에서 섬을 신뢰하지 않는 유배에 대해서.

바람은 안다. 반짝임 속에서 바람을 신뢰하지 않는 잔잔함에 대해서.

향기는 안다. 향기 속에서 향기를 신뢰하지 않는 불꽃에 대해서.

너는 안다. 네 속에서 너를 신뢰하지 않는 돌에 대해서.

무엇이 안에서 떨고 있나. 풀어헤쳐 들어라. 그리고 흔들어라.

녹색 안구의 식은 시

너, 어디에서부터 어디로?
깊이로부터 단층들이
어긋난다.

네 지질의 트라우마.
김 솟는 화산토에서
녹색 안구의 식은 시가 자란다.

네 안에서
가장 오래된 마그마.
네 내면의 고양된 정신 에너지.

한 번은 붉음, 한 번은 백색.
아무것도 선택하지 않는다.
어떤 의미를 담고 있는 덩어리.
더이상 나눌 수 없는
가장 작은 에너지.

한 사건이
괄호를 열고, 괄호를 닫고
지층은 무수한 괄호 껍질.
바다, 층층 껍질, 심연
뚫는 신비, 우울, 향수, 음향,

심오한 것.
흑등고래 에너지.
음악적 폭발.
화산 쇄설류.

잠 속에 빛을 보낸다

잠 속에
빛을 보낸다.
잠의 빛깔에 대항해서

낙엽송은 마음속에 있었지.
산제비나비의 더듬거리는
날개로 그곳에 머물렀지.

누가 빛을 반사하는 꽃들을 향해 가는가.
죽음이 제 안에 깊게 써넣은 것처럼
산은 제 나무들 위로 서 있다.

잠 속에 서 있는 오지여.
너는 단 한 번도 텅 비지 않았지.
그곳에서 침전된 신경이 첨벙거리네.

이미 곪아가고 있다

그것은 어디선가 이미 곪아가고 있다.
위협적인 폭풍으로 부풀어오른 채
숨죽인 강철 침묵 속으로 대기를 잡아당기고
축축한 하늘을 찢어버릴 기세로
공제선 위를 거대한 한숨으로 가득 채운다.

여름 숲은 통통한 잎사귀들을 칼날로
지나치는 것들을 긋고
기름 불꽃 녹색으로 들러붙어 고통스럽게
웃자란다. 뜨거운 녹색은 번성하여
검은등뻐꾸기의 어떤 무엇도 아닌

고독한 녹음테이프를 끈적끈적하게 늘인다.
감전 충격이 일어나는 여름은 전도성이 있는
모든 것들에 슬며시 끼어든다.
그것은 어디서든 이미 곪아가고 있다.

인공지능과 인간 지능

인간 지능과 인공지능의 결정적 차이는 인간이 가진 자기 인식 능력 때문이라고 한다.

인공지능이 자기 인식 능력을 가지려면 자기 자신을 지시하고 인지하라는 명령 체계를 가진 새 부품이 덧붙여져야 한다. a라는 인공지능에서 좀더 복잡해진 b라는 인공지능이 되어야 하는 것이다. 그런데 b는 a를 인식할 수 있지만 b 자신은 인식할 수 없다. b 자신을 인식하기 위해서는 b 자기를 지시하고 인지하라는 명령 체계를 가진 새 부품이 다시 또 덧붙여져야 한다.

이런 원리 때문에 인공지능은 결코 인간 지능을 넘어설 수 없을 것이라고 어떤 과학자는 일찌감치 예측했다.

반면에 어떤 과학자는 인간의 능력은 무한하지 않기 때문에 어떤 한계치가 있을 수밖에 없고…… 그렇다면 인공지능이 언젠가는 인간의 한계치를 넘어서는 복잡한 단계에 충분히 이를 수 있고…… 그렇다면 얼마든지 인공지능이 인간 지능을 넘어설 단계가 올 것이라 예측한다.

지금까지도 착각하고 있었지만, 미래는 당연히 인간을 중심으로 설계되지 않는다.

X

가문비나무와 불안한 정신을 위한 한 조각

여름 한낮의 벌거벗은 빛은 마주할 수 없다.
색이 폭발하여 탈색한 파편은 날카롭다.
눈을 뜬 채 마주해야 한다면
쨍한 허공에 블랙홀이 생기고
정신을 차려도 현실은 기절하고 말리라.

환영을 거부하는 정신 속에 가문비나무가 있다.
가문비나무의 털실 잎이 천천히 소용돌이치는 공기를 어
루만진다.
가문비나무 또 가문비나무 줄지어 있는 가운데 정신은 한
가문비나무로 서 있다.
가문비나무일까? 종비나무일까? 독일가문비일까? 골똘
하게 뒤적이며.
검은 뭉치와 뭉치 사이로 가까스로 도킹하는 빛 얼룩에 검
은 개가 코를 댄다.

양철 지붕이 땀을 흘리고 있다.
너무 불안하여 견딜 수가 없다.
가문비나무만이 불안으로부터 생기를 빼앗아 성장하고
말리라.
가문비나무가 정신을 침범해 들어간다.
머리에 삼림지대가 들어차고 벼랑과 벼랑 사이 가슴이 숨
막힌다.

슬픔을 위한 한 조각

슬픔은 슬픔을 일으키는 것이 자신의 밖에 있다고 생각하는 바로 이 생각 속에 있다.

슬픔에서 빠져나오는 유일한 출구는 슬픔 안으로 더 멀리 파고들어가는 것이다.

물을 위한 두 개의 조각

유리와 물

유리는 물을 복사해 만들었다.
물은 형태가 없다.
물은 내용만 있지만
물은 중력의 형식에 의해
자신을 둥글게 표현하기도 한다.

유리와 물은 내용이 다른 신체다.
유리는 표현이 내용이다.
유리는 표현을 강조하는
유리는 물의 책이다.

유리에 물을 담거나
유리에 유리를 담아
유리는 즐겨 물을 표현한다.
결빙으로 빙하를 쓰고
불로 유리의 문장을 쓴다.

물

물이 자기를 가리키기 위해 자신을 돌아볼 때
무엇을 보아야 하는가? 정확한 윤곽은 없다.

흙먼지를 둥글게 마는 몇몇 추락?

유리창에 흔적을 그리는 점성?

생물에 담겨 생명을 돌아다니는 애매한 덩어리?

바다, 강, 사막, 산맥과 매우 친밀하고 아기자기한 사이이면서도 그 영역 밖으로 도망친다.

한 방울은 얼마나 작을 수 있으며 한 무리는 얼마나 거대할 수 있는가?

물은 두 개의 규칙이 있는 체계다.

끊임없이 더 낮은 바닥을 찾아가는 행동과

증발하여 마르는 규칙.

물은 규칙이 없는 형식이다.

물은 물이 입구이고 빗장 없이 열려 있다.

물은 포기한다.

포기를 모르고 포기하지 않고도 포기한다.

열림과 포기는 같은 신호의 다른 대응이다.

물은 언제나 옮겨가고 있는 것이다.

빙하가 녹고 있다

당신의 세포에는 엽록체가 없습니다.
그러나 당신은 광합성을 합니다.
당신은 나무입니까?
나무가 아닙니다.
당신은 인간입니까?
인간이고 인간이 아니기도 합니다.
나무는 나무이고 나무가 아니기도 합니다.
나무의 나무가 아닌 나무가 당신입니다.
인간의 인간이 아닌 인간이 당신입니다.
당신은 인간의 둘레에서 인간 주위를 맴돌며 나무합니다.
숲은 없습니다. 나무와 나무와 나무와
잎과 잎과 잎과 잎 주위를 맴도는 나무와
나무와 나무 주위를 휘몰아치는 잎이 있습니다.
숲은 없습니다. 나무가 나무하는, 잎이 잎하는
목탄이 있습니다. 잃어버린 숲은 없습니다.
초록이 종이하는 종이 위에 목탄이 나무하고
풀이 목탄하는 목탄이 나무하는 나무가 구부러지고
목탄이 잎하는 가지가 휘늘어지고 잎이 목탄하고
풀잎이 목탄하며 깔리는 사이로 잃어버린 숲이
궁륭하는 숯검정으로 암흑하는 길이 있습니다.
빙하가 녹고 있다. 광대한 시간에 지속하는
광대한 크기의 기후 생명체는 지구 이편에 빙하를 녹이고
지구 저편에 홍수하고 눈사태합니다.

빙하는 사라지며 바다하고 폭풍은 바다 위를 폭풍하여 덮
칩니다.
바다는 바다 위로 상승하고 해수면 위로 바다합니다.
빙하가 목탄하고 목탄이 빙하합니다.
당신이 목탄하고 목탄이 당신하며
당신은 빙하합니다. 빙하가 녹아 없어지며
빙하가 당신합니다. 빙하하는 목탄이 남습니다.
남는 그림이 빙하합니다.
그림하는 빙하가 남아 경고합니다.
사라짐을 하는 사라짐은 경고 둘레를 맴돌며 사라집니다.

* 시의 제목과 본문의 기울임체는 화가 허윤희의 작품 제목들이다.

미래로부터 지금 여기로

우리는 미래를 아직 오지 않은 것
무엇이라도 가능한 희망이라 말하지만
어떤 것들은 우리가 없는 미래로부터 지금 여기로
이미 그림자를 드리우는 것들이 있습니다.
그것들은 우리와 지금 여기에 함께 있지만 미래의 숨통
을 틀어쥡니다.
그 그림자는 끈적끈적하여 우리를 씻기지 않는 미끈한 기
름으로 뒤덮거나
끈적끈적한 것이 타르처럼 목구멍에 들러붙어 숨막히게
하거나
손바닥과 발바닥에 들러붙어 움직일 수 없게 하거나
집어들거나 쓰다듬거나 포옹하지 못하게 합니다.
우리가 지금 손에 들고 있는 플라스틱 컵은
오백 년 후의 미래 시간의 그림자를
오백 년이란 길이의 어둠으로
우리에게 어둡게 그림자를 드리웁니다.
플루토늄239는 24,110년 깊이의 미래로
이곳에 폭탄 구덩이를 냅니다.
지금 여기에 벗어날 수 없는 예정된 미래를,
고뇌의 까마득하게 길고 깊은 해구를 만듭니다.

기후 위기

　종말론은 대체로 세상의 끝을 미래의 한 지점으로 가정하
고 경고한다.
　하지만 지금 이 순간 당신이 선 자리에서 당신의 시야를
어둡게 하는,
　당신을 삼키고 파묻을 십이 미터 파도의 벽을 이미, 뒤늦
게, 발견한다면……

　세상의 끝은 없다.
　끝 그 너머가 없기 때문이다.
　기후는 지구보다 훨씬 크고 태양까지 포함하는 크기를 가
진 생물체다.
　기후는 유한하지만 지구보다 훨씬 오랜 과정과 미래를 갖
고 있다.
　기후 위기는 미래의 어느 시점이 아닌 이미 여기에 와 있
는 것이고
　우리는 발밑 모래가 물결에 조금씩 쓸려 호흡이
　가빠지고 끊어지는, 아주 느리게 침몰하는
　엄청난 위력의 기후 핵잠수함 내부에 들어 있다.

지구온난화를 보는 한 겹 코팅

오늘 바다는 서핑보드를 신고
위태로운 파도 절벽을 기어오르고
지하철은 지표면 아래서 앞코와 뒤축이 기다란
신발을 신고 시간을 두드리며 달려 간다.

오늘의 지구온난화는 어디로 갔나?
신선한 공기가 지구 튜브를 빠져나갈 때
네가 빠져나가면 좋을 텐데……
네 기분이 한결 나아진 시간의 간격에도

오늘의 악은 어디로 갈까?
구스타브 홀스트의 행성이면 좋을 텐데……
욕망의 공포에 맺히는 빛의 침전물이 악의 석순들을 일 초,
일 초
점을 늘리고 구부려 겹 겹 파동을 쌓아올린다.

넌 항상 거기에 있었고 이런 것을 전부 알지.
거기가 여기고 여기가 거기야.
넌 다시 일어서서 거리로 나가 햇빛을 쬐지.
내몽골의 모래는 거기서 여기를 같은 망사로 덮지.

넌 할 수 있겠니?
유일하게 할 일이니까 계속해나가는 거야.

네가 하면 되겠니?

부분을 다 모으면 전체 이상이니까 가능해.

음식

　음식은 가장 사랑스럽고 귀에 들리지 않는 음악을 출산
한다.

　음식은 공기 중의 미립자가 다양하게 흩어지고, 안정되
고, 흐르고, 부유하는 분홍의 가벼움이다.

　음식-프린팅은 도시의 상공보다 해양의 상공에서 뚜렷하
고 아름답다.

　한여름 구름 솜사탕에서 갑작스럽게 낙하하는 것은 음식
이다.

　멋진 디자인의 건축물과 아치형 다리에는 숨은 음식이
있다.

　음식은 유리, 키보드, 강철 막대, 누더기로 만들어진다.

　인공 음식은 진짜 음식을 은폐하기 위한 방공호다.

　음식-스프링은 음식을 섭취하기 위해 준비한 세포 알갱이
와 포자 덩어리의 모자를 쓴다.

　음식을 섭취하기 위해 귀는 나란히 정렬된 렌즈, 다이얼,
핸들을 바깥쪽에서부터 차례로 집어든다.

　음식은 현대음악처럼 단단하고 촉촉하고, 음음, 신음소
리가 난다.

쇳물 불덩이를 위한 한 개 파편

주물공장 용광로 불덩이에는 고광도
불이 점액으로 일렁거리다가
심연을 긁는 무서운 소리와 함께
불을 토한다. 불은 토사물이 자신인지
토하는 불이 자신인지 알지 못한다.
불에서 불새는 날아 파닥거리며
불화살의 불붙은 새를 허공에 흩뿌린다.
액체는 고체의 강철 조각으로 바닥에 떨어진다.
바닥은 마지막 숨을 쌕쌕거리는 새로 터질 듯 타오르고
하늘로 곧장 올라간 새는 이미 저녁노을로 사그라지기
도 한다.
푸른빛 어둠 그 너머에서 폭풍은 곡조가 되고
곡조가 되지 않는 곡조를 듣는 밤은
용광로의 거울이다. 불덩이의
일렁이는 점액은 마음의 반영이다.

마네가 그린 말라르메 초상화 복제 사진

봄비 내리는 창밖에 산수유 노란 꽃이 흐릿하다.
에두아르 마네가 그린 초상화 복제 사진에는
말라르메의 시선이 밖을 향하지 않고
아래로 향하는 듯 타원을 그리면서
다시 눈동자 안으로 접혀 들어간다.
이차원 평면 이미지가 아닌 다차원 운동의
흐름 속에 말라르메와 보는 이의 뇌와 신경계가 접히고
펼쳐진다.
시를 읽을 때 단어 하나하나가 감정, 몸의 느낌,
근육운동, 미묘한 의미 연상을 접고 펼치듯.
초상화 사진 속에는 손가락 사이에 낀 시가에서
1876년의 파리를 넘어온 그의 숨결이 연기로 피어오른다.
담배 끝에 접힌 불꽃은 보잘것없지 않고,
미약하지 않고, 시적이다. 불타라!
창밖에서 주워온 떨어진 꽃은 살짝 발효중이다.
삶은 사진 저편에서 접고 펼치며 순환하는 그의 시선과
지금 이곳의 불가능을 바라보는 시선 속에,
타인의 손에 위태롭게 붙들려 있다.

우물거리는 우물거림

듣는 게 아닌,
말 내부의 어떤 장소로 추락하는
침묵, 정지, 맥락 파괴, 중력 붕괴,
블랙홀의 거대한 폭력……
밖에서도 안에서도 몰아치지 않는
폭력 그 자체의 내동댕이치는
힘의 가닥, 신경섬유……
안에서 그 무언가를 특정할 수 없는
우물거림, 말하지 않고
말이 되려 해도
말로 될 만한 아무것도 없는……
배설할 게 없이 움찔거리는
구멍, 눈먼 눈의 우물거림
말하는 게 아닌,
우물거리는 우물거림……

비생명체를 위한 한 개의 부스러기

만년필을 쥐고 손가락마다 적절한 힘을 주면서, 손목 위로는 가능한 한 움직이지 않으려 고정하면서 펜촉에서 잉크가 흘러 종이를 적시며 흔적이 표시되는 걸 본다.

만년필이라고 하면 이미 추상이 된다. 이름을 떠올리는 순간, 기억에서 추출한 이미 했던 것들이 눈앞의 그것인 양 의미의 자리를 차지하고 말, 이야기의 투명한 망사로 덮어씌운다.

펜촉도 아니고 잉크도 아니고 글자도 아닌 바로 그것 자체가 감각을 건드리고 순식간에 흘러들고 신경계를 때리고 적시고 찢는다.

있는 그것, 현장, 현재, 사실 그 자체가 물질적으로 충돌하고 화학적으로 비물질적으로 뒤섞이며 반응하고 반응하게 하고, 충동하고 충동하게 하고, 미칠 듯한 매력으로 안절부절하는 흥분 속에 담갔다 끄집어내고 흥건하도록 빠트린다.

비생명적인 것들의 감각과 사유는 이처럼 잔인하게 구분 지을 수 없는 매혹의 액화하는 짓이김 속에 있다.

침묵을 위한 한 조각

침묵은 어둠에 기대어 신음한다.
이때 침묵은 어두운 허공에 있지 않고
신음 안에서 텅 빈 무언가가 와서 부딪치는 자리다.

시인은 이상하게 단어가 침묵하기를 바란다.
길가에서 이 식물을 발견했을 때 온몸으로 말하고 있으나
들리지 않는 듯 인터넷을 뒤져 이름을 찾아본다.

침묵의 초상이 불쑥 눈앞에 들이밀어졌는데
얼굴은 보지 않고 얼굴에 묻은 물감 자국에서 눈을 돌리
지 못한다.
시인은 말에 물감 자국을 튀긴다.

. 이 말은 무엇을 숨기고 있을까? 절대로 알 수 없을 것이다.
침묵하게 되는 시에는 미칠 듯이 매력적인 무언가가 있다.
길옆에 식물이 있고 식물 옆에 흙덩어리와 돌들이 흩어져
있고 그 사이사이 침묵.

중력

권력이 인간이 인간에게 혹은 인간이 비인간에게 행사하
는 인간 중심적 힘이라면
중력은 사물이 인간에게 혹은 사물이 사물에게 행사하는
비인간적 권력이다.

아인슈타인에 의하면, 중력은 힘이 아니라 물체의 질량과
속도가 공간과 시간을 휘게 만들고 그 휘어진 공간을 통해
물체가 이동한다고 한다.
달은 지구의 질량과 속도가 휘게 하는 우주의 곡면을 따
라 지구를 공전하고, 바다는 달의 질량과 속도가 휘게 하는
시공의 곡면을 따라 밀물과 썰물을 왕복한다.

네가 밤늦게 들어와 살금살금 아내가 누운 침대 옆에 누
울 때
침대는 네 무게에 눌려 휘어지고, 휘어진 곡면을 따라 아
내는 네게로 굴러온다.
이게 중력이라면, 성이 난 아내가 다시 몸을 굴려 네게서
멀어지는 감정의 기운 또한 중력이다.

진달래 꽃나무는 돌과 비탈의 질량과 속도가 만드는 시공
간의 휘어짐과 햇빛의 속도와 질량이 만들어내는 시공간의
휘어짐에 따라 성장하며 휘어진다.
삶은 인간이 만든 오솔길을 버리고, 길이 없는 숲길을 돌

들과 나무들의 중력이 휘게 하는 곡면을 따라 이동한다.   —
이것이 사물과 인간의 중력이 만드는 숲의 사회다.

돌의 시간

돌의 시간은 인간의 시간과 다르다.
돌과 인간은 같은 현재에 있지만
돌의 현재는 길고 오랜 시간이다.
인간의 시간은 눈이 깜박하는,
피가 혈관을 스치는 순간이다.

돌에 다른 공기가 닿을 때
돌에 빗방울이 닿을 때
돌이 인간의 시선과 마주칠 때
돌의 시간은 다른 시간들과 연결하면서
돌의 현재는 다른 현재로 이동한다.

돌의 시간은 그렇게 흐른다.
돌에 한 빗방울이 닿고 이어 다른 빗방울이 떨어질 때
돌의 시간은 비의 시간과 만나
돌의 시간은 빠르게 흐른다.
비가 때리고 스며드는 속도만큼.

깨져 날카롭고 모난 돌은 시간이 짧다.
모래와 물에 마모된 둥글둥글 매끈한 돌은 시간이 길다.
인간의 시선과 마주쳐 손가락에 집혀 주머니 속에 든
돌은 시간의 흐름이 바뀐다.
그 돌의 현재는 과거와 이어지지 않는다.

돌 틈에서 푸른 소나무가 자라고 절벽이 송악에 덮여 있는
저 인간이 범접할 수 없는 돌의 길고 오랜 시간은
때로는 소나무의 시간으로 흐르고
때로는 송악의 시간으로 나타나고
때로는 망각의 시간 속에 있다.

사물의 흉계

우리는 가끔 암초를 고래로, 빠르게 휙 지나는 새를 번개로, 모자를 아내로, 구름을 눈 덮인 산으로, 덤불을 오두막으로 착각하거나 착시한다. 착시나 착각은 우리 쪽에서의 합리적 설명이지만, 사물 편에서는 인간을 얽혀들게 하는 흉계다.

환경에 따라 변색하는 카멜레온.

인간은 사물이 느끼고 생각한다는 사실이 두렵기에

자신의 착각이나 착시로 인정하고 싶어한다.

반면에 사물들의 흉계는 속임수가 아닌 솔직함에서 술술 풀려나온다.

바다

톱날 모양의 파도가 배를 떠워 저글링하면 하얀 톱밥이 튄다.

햇빛이 바닥에 닿는 얕은 바다는 연둣빛 투명 옥색으로 해조류, 조개 섬을 숨긴 워터볼이다.
깊은 바다는 검은 쇳덩이 강한 중력으로 무엇이든 빨아당겨서 옥쥔다.

검은 덩어리의 표피는 삼각형 꼭짓점으로 빛을 튕기고 뱃바닥을 톱질한다.
해변 가까운 시간은 쉴새없이 밀려오고 먼 심해의 시간은 무거운 닻을 내린다.

바다는 너무 아름답지만, 그 안으로 들어갈 수는 없다.
여기 닫힌 문 앞에 머물면 너무나 고통스럽다.

버드나무들, 버드나무들, 바다는 돌이 된 버드나무다.
폭풍과 부딪치며 지독할 정도로 꽉 차 있다.

하나 또하나 무너지는 바다는 서로 떠나고 다가오는 영원한 하나다.

모르는 채로 만지기

전승민(문학평론가)

"Poetry begins where language hesitates."

—Paul Celan

1. 표면으로서의 세계, 그 기이함

언어와 인간의 관계를 세계라는 토대 위에서 파악하고자
한다면 우리는 예술로서의 문학을, 그중에서도 시를 살펴야
한다. 시는 언어가 자신을 드러내기 직전의 순간, 혹은 망
설임이 진동하는 임계점에서 솟아난다. 언어는 왜 망설이는
가? 언어는 이중 구속의 물질적 체현이기 때문이다. 자신을
내보이기 위하여 작동하는 몸-기계의 버튼에 불이 켜지는
순간, 그것은 곧장 스스로를 당기고, 누르고, 옭아맨다. 발
생과 억압이 동시적으로 맞물리며 발생하는 긴장은 시가 지
닌 근본적인 힘이자 근원적인 딜레마다.[1]

시는 이 문제에 맞서고자 이미 존재하는 언어를 비틀고,
부수고, 해체하여 자기만의 언어를 창안한다. 그러나 손안
에 새로운 언어를 쥐고도 시는 또다시 망설이는데 아무리 새
롭거나 낯선 것이라 할지라도 그것이 여전히 '언어'인 한 연

---

1) "말은 존재를 복원하는 것이 아니라 존재를 결여의 상태로 옮
겨두는 것이다.(Speech does not restore presence; it inaugurates
absence.)" Maurice Blanchot, *The Space of Literature*, Trans-
lated by Ann Smock, University of Nebraska Press, 1989, p. 42.

루될 수밖에 없는 '완벽한 재현'의 불가능성 때문이다. 두번째 딜레마—시가 어떤 대상이 A임을 파악하고 그것을 A라고 발화하는 순간, 대상은 A이면서도 A가 아니게 된다. 그러나 바로 이러한 숙명적인 결함으로 인해 대상과 A는 표면과 심연이라는 깊이를 획득한다. 그러니까, 언어의 표상을 통한 대상의 완벽한 재현이 불가능하다는 것을 받아들인 이후에 우리가 마주하게 되는 최종적인 난관은 바로 이것이다: 그렇다면 언어로 표현된 이것은 도대체 무엇이란 말인가? 물음표는 우리가 통과해온 장치들을 역순으로 다시 꿰뚫는다. 시는 무엇인가? 인간의 언어는 무엇인가? 그것으로 그려지는 세계는 과연 무엇인가?

『이상한 밤』은 이 연쇄적인 물음에 대한 시인의 답변이다. 시가, 언어가 이미 망설임으로 진동하고 있기에 시인은 망설이지 않고 곧장 시작한다. 표제작이 되는 첫번째 시는 이에 대한 모든 답을 품고 있다.[2] 우리도 곧장 시작해보자.

　　그 나무는 네가 보고 느끼는 대로 있지 않다.
　　잠 못 이루는 한밤중에 네가 그 나무를 기억할 때
　　절벽은 그 나무를 높게 세웠다.

---

2)「이상한 밤」은『이상한 밤』의 축소판이자 예고편이다. 당신이「이상한 밤」의 읽기에 성공한다면 그것은『이상한 밤』의 읽기에 성공한 이후일 것이다. 한 편의 시를 이해하기 위해 시집 전체가 필요하다는 것은 곧, 이 시집 전체가 한 편의 시라는 말과 다름없다.

원래 나무의 그 자리에 절벽은 나무를 새롭게 올렸다.

새의 형태로 도착한 것이 잠 못 이루는 한밤중에 나무
의 창을
두드린다. 절벽은 문을 열고 흰 새가 데려온 눈보라에
사로잡혀
주저앉는다. 나무는 생기를 띠며 눈보라의
우거진 잎새들 아래에서 이상한 밤을 만들며

자신을 까맣게 잊어버렸다. 절벽의 무시무시한 꼭대기는
심장을 온통 드러낸 채 눈보라가 세우는 냉기 어린 대
성당 아래
누워 있다. 네가 보는 것은 나무와 절벽과 새의 느낌을
둘러싸는 공통 세계의 분별없는 밤이다.
　　　　　　　　　　　　　　　—「이상한 밤」전문

　보통의 시가 은유나 환유, 역설과 아이러니 등의 문학적
장치를 통해 자신이 말하고자 하는 핵심을 꽁꽁 숨겨두는
반면, 이 시는 시작부터 모든 것을 밝히고 있다. 밤이 이상
하다고 한다. 그래서 무엇이 이상한지 찾아내는 것이 관건
이겠거니, 하고 시 속으로 들어갔더니 이상한 것들이 여기
저기서 솟구친다. 먼저, 왜 '나무'가 아니라 하필 '그 나무'
인가? 정관사 '그'는 말하는 이와 듣는 이 모두가 아는 대

상을 지칭할 때 사용하는데, 실상 '그 나무'는 화자가 아는 것과 '네'가 아는 동일한 것이 아니다.("네가 보고 느끼는 대로 있지 않다") '너'에게 있는 그 나무는 단지 '너'의 기억 속에 못박힌 오해된 결과일 뿐이다. '그 나무'는 원래 있던 '나무'의 자리에 '절벽'이 다시 새롭게 올려둔 것이기 때문이다.

　이해될 듯 말 듯 한 기묘한 개연성과 그럼에도 불구하고 서서히 다가오는 기이함은 다음 연에서 부연되거나 해소되지 않고 또다른 종류의 이상함과 중첩되면서 독자를 더욱 난감하게 한다. 나무에 새 한 마리가 날아오는데, 화자는 왜 '새'가 아니라 "새의 형태로 도착한 것"이라고 말하는가? ('무엇은 A이다'라고 말하는 순간 그것은 곧장 A가 아니게 되었던 두번째 딜레마를 기억하자.) 2연부터 3연까지의 각 행은 안정적인 통사 구조로 진행되지 않고 이어져야 할 부분에서 부러 연결을 끊어버린다. 기묘한 엇박의 생성 속에서 소란한 운동이 벌어진다. 절벽은 '문을 열고' '흰 새'는 '눈보라를 데려'오고, 절벽이 새로 만든 나무는 '네'가 경험하고 있는 "이상한 밤을 만들"고 있다. 이상하다. 부단히 **행위**하고 있는 것은 새와 나무, 절벽과 같은 비인간이다. 심지어 절벽은 그저 장소를 채우고 있는 것이 아니라 '누워' 있다. 이곳에서 행위하지 않는 이는 아무도 없다('너'는 나무를 기억'하는' 중이고 '나'는 그런 '너'를 보며 말'하고' 있다).

　사실, 이들에게 과연 행위성(agency)이 존재하는지를 묻는 일은 그 자체로 이미 이상한 일이다. 물론, 혹자는 적어도 새는 동물이기 때문에 움직일 수 있다고 반박할 수 있겠으나, 그것은 주체로서의 의지가 가미된 행위가 아니라 몸의 물리적인 작동인 행동(action)이라는 점에서 행위와 구별된다. 행동은 주체의 의지와 욕망, 그리고 그로 인해 설정된 목적이 반영되지 않은 본능이나 (자극에 대한) 반응이다. 행동이 행위를 실현하는 하나의 하위 개념으로 구체화될 수는 있지만, 행동이 곧 행위인 것은 아니다. 그럼에도 불구하고 이 장면이 과연 현실에서 물리적으로 가능한가 또는 가능하지 않은가를 되묻는 일은 참으로 소용이 없는데, 질문에 답하려고 시도하는 일련의 과정은 역으로 그러한 접근을 통해 '행위'하는 우리의 인식과 사유의 모순을 무참히 폭로하기 때문이다.

이런 식이다. 만약, 시에 드러난 대상과 행위가 텍스트 외부의 현실의 실재를 우회적으로 드러내는 비유적인 장치라면, 그것이 밝히는 실재란 과연 무엇인가? (나무와 절벽과 흰 새 외의 실재는 어디에 있는가?) 만약, 이 이상한 장면들이 비유가 아니라 텍스트 안과 밖이 동기화된 하나의 현실을 시가 다시 그린 것이라면 (일상 언어를 해체할 수밖에 없는 시의 근원적 딜레마를 상기하자) 마치 사람처럼 나무를 심고 문을 열어주는 '절벽'을 어떻게 받아들일 수 있는가? (의인화라는 답변은 직전의 질문에 의해 거부된다.)

물음을 파고들다보면 결국, 우리는 일상 세계를 떠받치고 있던 근엄한 진리가 사실상 하나의 주관적인 입장이며 그것을 앎의 지위로 올려두는 것은 우리의 믿음에 의해서라는 생각에 이르게 된다. 절벽은 정말로 나무를 심을 수 없는가? 그러나 지구의 모든 나무가 인간의 손에 의해 심어진 것이 아니라면 바로 '그 나무'들은 누가 심은 것일까? 그러므로 우리는 이 시를 시작으로, 시집에 수록된 시편들을 보이는 그대로의 세계, 주체와 객체, 대상과 사물, 인간과 비인간의 즉물성들이 역동적으로 얽히는 세계의 표면으로 읽어내야 한다. (만약 그러지 않고 모종의 비의를 숨겨둔 코드화의 언어물로 접근한다면 읽기는 반드시 실패할 것이다.) 이때 세계는 현실의 확장된 관념이 아니라 자연 속의 비인간과 인간, 유기체와 무기물의 운동으로 구성되는 하나의 행성이 된다. 『이상한 밤』이 행성으로서의 세계를 내보일 때, 그 안에서 거주하고 등장하는 모든 시적 주체와 대상은 행위자로서 대등해진다. 표제작 이후 이어질 시편들은 모두 이러한 토대 위에서 펼쳐진다.

표면으로서의 세계를 수용할 때, 「이상한 밤」이 우리에게 건네는 질문은 좀더 압축된다. '네'가 느끼고 알아보는 대상이 역으로 '너'의 감각의 오류를 증명한다면, 그렇다면 그 대상은 '너'에게 존재하지 않는 것인가? 그러나 감각의 오류는 그 대상의 있음을 통해 성립되지 않았던가? 그런데, 왜 '나'가 아니고 '너'인가? 화자는 어디에 있는가? 이상함은 점점 더 깊어져만 간다.

미리 말해두건대 채호기의 '이상함'은 단지 낯설거나 (strange) 어색한 것이 아니라 세계 전체의 감각을 뒤흔드는 기이함(the weird)이다. 낯선 것이 현실의 분명한 대립 속에서 충돌하는 어색함과 모순, 그 자체로 일상적이지 않은 것들이라면『이상한 밤』의 이상함은 일상적인 것들의 '사이'에 들어 있는 비일상성이다. 일상을 구축하고 있는 언어의 설립 그 이전의 '틈새'를 겨냥하는 기이함이다.[3] 이 기이함은 안정되어 있던 세계의 지반을 부수고 경계를 뒤흔들어 그간은 세계의 내부자로 포함되지 않던 것들과 조우하게 한다. 피셔는 러브크래프트의 소설을 분석하면서 그러한 기이함이 주체의 신체 내부로 들어와 '언캐니'의 극대화를 일으키는 것이 바로 공포라고 말한다. 채호기의 시를 읽는 독자 역시 신체 내부로 침윤되는 낯선 것들의 감각을 몸으로 경험하겠지만 그러나 그때 우리가 경험하게 되는 것은 공포가 아니라 경계를 넘어온 무수한 타자들의 주체성, 그것들이 뒤섞이는 만남의 일렁거림이다.

---

3) 마크 피셔는 '기이함'이란 우리가 인식하는 세계의 규범적인 체계와 자연적인 질서에 '본래' 속하지 않는 것이 출현할 때의 감각이라고 설명한다("The weird is that which does not belong", p. 15). 기이함은 현실의 외부에서 주체에게로 침입하는 이질적인 존재와 힘이 일으키는 감각이다. Mark Fisher, *The Weird and the Eerie*, Repeater Book, 2016.

2. (2-1-2)인칭 화자: 우리는 서로에게서 물러나 있으므로

어떤 시집은 시인이 마련한 순서와 무관하게 독자가 임의적으로 순서를 정해 읽을 때 더 해방적인 의미가 발견되기도 하지만 이 시집은 반드시 목차대로 읽을 것을 권한다. 시집 전체가 하나의 거대한 '시' 자체로 발돋움하고 있기 때문이다. 이건 마치 한 편의 교향곡을 개별 악장으로 청취할 수 있으나 그 곡을 하나의 음악으로 이해하기 위해서는 반드시 1악장부터 시작해야 하는 것과 같다. 이 시집의 시적 형식은 구조적인 차원에서만 발견된다. 낱개의 시편이 시 자체가 되고, 시집이 하나의 시편으로 축소되기도 할 때, 그 에너지의 운동은 미시적인 차원의 질적 변환뿐만 아니라 내용과 형식이 긴밀하게 상호작용하여 생성하는 거시적인 차원으로까지 나아간다. 리듬은 이곳에서 개별적인 기표들의 연쇄가 아니라 시편과 시편 사이, 각 장과 장의 연결, 그리고 그것들이 모여 만드는 흐름으로서의 형식과 함께 감각된다.

가령, 시집을 순서대로 읽을 때, 「이상한 밤」에서 등장했던 나무는 「연필」에서 '그 나무'이기 이전의 모습을 드러낸다. 더불어 '네'가 보고 있던 나무가 '나무'가 아니도록 했던 오해의 매개물인 '기억'은 실상 '균형'의 다른 이름이었음 또한 드러난다.("지탱하던 균형에 매달리고, 기억에 매달려보

지만", 「'낙석주의' 표지판을 위한 한 조각」) 그리고 '절벽'
이 나무를 심고 대성당 아래에 누워 있던 것은 '바다'가 되
기 위해서였다는 것도 알게 된다.(「뱃머리」) 물론, 서로 다
른 시편 속에 등장하는 같은 이름의 대상들은 존재론적 층위
에서 서로 다르다. 그러나 보이지 않는 연결의 노드(node)
를 통해 이어지는 각각의 행위성 안에서 '나무'와 '그 나무'
는 불일치의 존재론을 유지하며 고유한 코나투스를 내보인
다. 요컨대 채호기의 대상은 그저 대상이 아니라 서로 상호
작용하는 **객체**(object)가 된다.

『이상한 밤』을 종횡무진하는 돌이나 달, 가문비나무와 멧
종다리, 모기나 파리 등은 인간이라는 영장류의 지적 능력
에 미달하는 비인간이 아니라 각자만의 존재론적 심연을 지
닌 행위적인 객체다. 흥미롭게도 그의 객체는 하먼(Graham
Harman)의 객체지향 이론과 맞닿아 있는데, 전통적으로
인간만의 배타적인 역량으로 간주되어온 주체로서의 '의식'
이 (행위적인) 잠재성으로 객체에도 내재한다는 것이 그의
핵심이다. '인간'의 의식이 세계를 구성하며 사물 자체(das
ding)는 그 인식의 바깥에 있으므로 오직 드러나는 현상으
로만 세계를 파악할 수 있다는 칸트의 주장은 하먼에게서
전복적이고 비판적으로 계승된다. 하먼에게 칸트와 그 이
후의 상관주의는 세계를 인간의 의식에 종속시키는 과도한
인간 중심주의의 핵심이다. 그는 존재자들이 (그러한) 관계
안에서만 출현한다는 칸트의 통찰을 비틀어 '관계'를 주체

와 객체 사이가 아닌 객체와 객체 사이의 관계로 재정립한다. 말하자면, 인간 의식 바깥에 잔존하는 사물들이 세계 내에 포함되지 않는 것이 아니라, 바로 그 잔여로서의 실재가 역으로 인간 의식의 불완전함을 반증하는 것이다. (앞서 표제작을 읽으면서 우리가 제기했던 물음이 거꾸로 진리의 추락을 일으켰음을 떠올려보자.) 칸트에게 의식은 인간 인식의 조건이지만 하먼에게 그것은 단지 지구의 다른 객체들과 같은 지위를 지니는 또하나의 객체일 뿐이다. 인간의 의식이 모든 객체를 완전히 포착할 수 없다는 사실의 자명함은 인간을 포함한 모든 객체가 언제나 물러나기(withdraw) 때문이다.

네가 달을 볼 때, 달은 너를 보고 있지 않다.
네가 달을 보고 있을 때 달도 너를 보고 있지만, 네가 보는 방식과는 전혀 다른 방식으로—네가 너를 중심으로 달을 보듯 달도 달을 중심으로—너를 본다.
　　　　　　　　　　　　—「달을 위한 두 개의 모음」 부분

하먼을 경유하여 읽을 때, 우리는 위 시의 '너'가 인간 존재인지 아닌지 알 수 없으나 분명 인간을 포함한 '객체'를 뜻하며 만약 '너'가 인간이라면, 언뜻 싱거운 말놀이처럼 보이는 위의 대목은 주체로서 인간이 독점해온 존재론적 지위를 일격에 무너뜨리는 무서운 파괴의 장면이 된다. 이는 "네가 너 자신을 완전히 알 수 없듯"이라는 같은 시의 한 구절로 함축될 수 있는데 '너'에서 '너'로 돌아가는 재귀적인 사유의 원환은 시집 전체에서 내내 지속된다. 표제작에서 '너'의 기억과 감각이 '나무'라는 객체의 실재에 완벽하게 가닿지 못하고 오히려 오독하게 되는 일은 '네'가 인간존재로서 지닌 의식의 불완전성을 체현한다. 이러한 사태는 마치 바로크 음악의 통주저음(basso continuo)처럼 반복 재생된다.[4] 요컨대 '너' 또한 달과 같은 객체라면 '너'는 시의 화자 '나'가 객체로서 물러난 양태가 된다. 생각해보자. 만약 시가 동등한 객체들의 네트워크로서의 세계를 그릴 때[5] 그것을 말하

---

4) 가령, 이하의 부분들이 그러하다. 특히, '너'가 '너'로 재귀하는 사태가 '망각'일 때, 그것은 세계를 인간 의식의 부속물로부터 구해내기 위한 출발로서의 행위가 된다. 인간 중심적인 사유의 질서는 우리로부터 많은 것들을 잊게 했으나 이제부터 우리가 정말로 망각해야 할 것은 바로 그 역사적인 전통의 사유 질서 자체다. "너는 너를 부정하도록/ 너를 떠민다"(「투명한 유리」), "네가 자신을/ 볼 때 너를/ 빠져나오는 눈"(「안경을 위한 한 조각」), "너는 쏟아지는 너 자신이다 (……) 너는 익사한다"(「뱃머리」), "언제나 다시 꾸게 되는 꿈이 자신의 재 안에서 다시 꾸는 꿈이/ 망각이라 한다"(「망각의 영토」), "너는 너에게서 사람을 뽑아버리리라./ (……) 너는 반복하는 무늬다"(「두 개의 모음」).

5) 이 지점에서 하먼은 라투르(Bruno Latour)의 행위자-네트워크 이론(ANT)과 유사하게 비인간 행위자의 개념을 인정하지만, 그는 관계 그 자체가 아니라 관계 속에서 고유하게 물러난 객체 자체에 초점을 맞춘다는 점에서 다르다. 라투르의 객체는 관계망 안으로

는 목소리가 여전히 전통적인 인간 주체 '나'의 것이라면 우리는 그 목소리를 어떻게 믿겠는가? 발화와 억압의 이중 구속과 재현의 불완전함이라는 언어의 보편적 딜레마는 채호기의 시에서 화자가 경험하는 존재론적 문제로 구체화된다. 그간 시적 화자는 세계의 모습을 현전케 하는 신적인 로고스를 독점하는 절대자, 즉 문학의 전통에서 가장 강력한 주체였다. 시적 주체의 크기가 인간적인 범위를 넘어서 초월적인 차원으로 비약할 때 시인은 객체로서의 화자를 어떻게 발견할 수 있을 것인가? 그래서 시인은 '나'를 돌려세워 '너'의 자리에 앉힌다.

알겠네. 어스름은 종이 위에 써질 때의 **자네**였고,
애수는 그 문자들을 읽을 때의 **나**였군.
이것 봐. 거리에도 뇌가 있고 묘한
애수의 쓸쓸함을 느낀다네.
그리고 자네(환상) 없이도 이 저녁을 망각할 수 있다네.
　　　　　—「거리를 위한 한 조각」부분(강조는 인용자)

종이 위에 기록된 것이 '시'라고 가정하면 그것을 읽는 이는 1인칭의 '나'가 되고 그것을 쓰는 이는 2인칭의 '너'(자

포섭되지만 하먼의 객체는 관계 속에 있으면서도 언제나 그것을 초과하며, 이러한 초과로부터 새로운 관계들이 사건적으로 발생한다.

네)가 된다. '나'와 '너'는 특정한 정체성의 이름표에 의해서가 아니라 읽고 쓰는 행위(성)를 기준으로 분리되고 구별되지만 한편으로 바로 그 행위를 통해 하나의 흐름 안에서 이어진다. '나'가 '나'를 바라볼 때 그것은 '나'이면서 동시에 '너'가 되고 그러므로 시집에서 무수하게 등장하는 '너'들은 실상 '나'의 노드에서 뻗어나온 서로 다른 객체들인 것이다. 그러나 '나'가 '너'의 본질적인 기원이 되는 것은 아니다. 1인칭의 2인칭으로의 변환은 **'나'의 물러남**이기 때문이다. 이는 객체지향 존재론(Object-Oriented Ontology)이 핵심적으로 문제화하는 비인간적 관계성과 그것의 실재적인 자율성(non-human consciousness)을 시의 차원으로 옮겨두는 사건, 인칭의 물리적인 전환이 아니라 시적 주체가 자신으로부터 물러나 타자화되는 사상 초유의 사건이다. '나'가 시적 발화를 통해 자신의 타자성을 부분적으로 발견하는 정도가 아니라 시적 사유와 감각의 발생이 그들을 감금해온 인간 중심의 의식을 완전히 붕괴하고 마는 일이다. '나'가 제아무리 '내'가 도달할 수 없는 미지의 부분을 여러 시적 기술로 표현한다고 하더라도 그것의 목소리가 '나'의 것인 한, 그 불완전함조차도 종국에는 '나'의 자기동일성이 (겸손하게) 강화되는 효과라는 혐의로부터 벗어나기 어렵다. '나'는 어디까지나 실재를 온전히 포착하지 못하는 현상으로서의(phenomenal) 말하기에 포박되어 있다. 이것이 시의 인간 중심성이 화자에게 휘두르는 이중 구속이다. 한

편으로 '나'는 그러한 자기동일성의 폐쇄적인 언어적 형식 (인칭) 속에서 원하는 만큼 자기 자신을 얼마든지 감출 수도 있는데, 이 자체로 이미 '나'의 자기동일성은 그것의 성립/강화와 동시에 반드시 부재와 미지의 여백을 내포하고 마는 역설적인 처지에 놓임을 알 수 있다.

이렇듯 자기 자신을 완전히 드러내 보이지 못한다는 점에서 '나'는 이미 객체와 유사하기도 한데, 그러나 '나'가 독자의 읽기기 아니라 자신의 쓰기 속에서 어떤 방식으로든 그러한 여백이 자신 안에 있음을 드러내지 않는 한 '나'는 결코 자신의 내부로 물러나지 않는다. 채호기의 2인칭 '너'는 그러한 '나'의 실재론적 미끄러짐을 언어 형식으로 드러내는 장치다. 채호기의 '너'는 1인칭의 '나'가 자기 자신에게 비판적으로 도달하려 하지만 결국은 실패하고 마는 잔여의 공간 속에서 물러남의 공간을 발견하며 비로소 다시 태어나는 감각으로서의 객체다. 시인의 2인칭은 1인칭이 자신의 실재를 향해 물러설 때 비로소 발견하게 되는 '철수된 자기'의 흔적이다. 1인칭으로부터 2인칭으로, 그리고 그것의 노드를 다시 1인칭과 연결하는 자기-타자화의 관계성은 '나'의 실재가 자기 자신에게로 완벽하게 재귀하지 못한 곳에서 새로운 감각을 길어올린다. '나'는 '너'라는 타자의 형식 안으로 물러남으로써 그로부터 발생하는 사이 공간을 객체들이 솟아나는 생성의 공간으로 만든다.

그리하여 '내' 안의 부재가 만들어낸 존재론적인 사건의

269

결과로서 (2-1-2)인칭인 '너'[6]는 실재적인 객체이며 이때, 이를 가능하게 하는 시(poetry)는 그 자체로 감각적인 객체가 된다.[7] 시는 감각의 현전으로 세계의 표면을 생성하며 우리가 『이상한 밤』에서 그 표면의 아래로 결코 내려설 수 없는 것은 경험하는 객체로서의 독자 또한 철저히 표면의 세계에 속해 있기 때문이다. 「세 묶음」의 후반부에 등장

---

6) 그러므로 채호기의 화자를 그저 1인칭이나 2인칭라고 표현하는 것은 틀린 표기일 것이다. 그렇다면 (2-1-2)인칭이라는 새로운 인칭의 명명을 시도해보는 것은 어떨까? (2-1-2)인칭은 전통적인 시적 주체인 1인칭 '나'가 2인칭 '너'로 변환됨을 뜻하면서도 그 존재론적 변환이 특정한 단계에서 완성되어 닫히는 것이 아닌 이행으로서의 과정적 변화를, '나'이면서 동시에 '너'인 관계의 그물망 자체가 시적 주체의 존재론이 됨을 뜻한다.

7) 하먼은 우선, 하이데거의 현존재와 도구적 존재의 이원론에 입각하여 객체를 실재적 객체(Real Object, RO)와 감각적 객체(Sensual Object, SO)라는 이중 구조로 파악한다.(*Tool-Being: Heidegger and the Metaphysics of Objects*, Open Court, 2002) RO는 우리가 결코 완벽히 도달할 수 없는 인식/접근 불가능한 객체이며 SO는 객체들의 관계 속에서 감각적으로 현전되는 표면의 형태다. 이후에 *The Quadruple Object*(Zero Books, 2011)에서 객체의 두 구조와 더불어 객체의 성질 또한 실재적인 성질(Real Qualilties, RQ)과 감각적인 성질(Sensual Qualities)의 두 갈래로 나뉜다고 밝힌다. 객체는 이 네 개의 항들이 이루는 긴장 관계의 사중 구조를 통해 존재한다. 객체 자신의 내부와 외부에서 존재하고 작동하며, 감각되는 방식은 이러한 사중 구조 사이에서 일어나는 긴장을 통해 드러난다.

하는 "사물 내부의 등불"은 이를 증언한다. 우리 각자가 품은 실재("등불")는 시가 그것들을 향해 내리쬐는 "불빛"을 통해 경험된다.

오랫동안 찾아 헤맸던 등불의 나라,
아름다운 나라는 네 속에도 숨어 있어
너는 이것도 저것도 그것도 아닌 너로 남아 있다.
등불은 어떤 무엇이었고 어떤 무엇으로 남아 있다.
—「세 묶음」 부분

3. 만질 수 없는 것을 만지기: (목소리가 아닌) 소리로서의 음악

'불빛'과 '등불'이 만드는 이중 구조의 관계는 각각의 존재 방식을 설명하지만 그 둘이 맺는 관계가 일으키는 변화나 내적 작용 등을 말하지 않는다는 점에서 약간의 한계가 있다.[8] 앞서 우리는 나무를 심는 절벽을 목격하며 그것이 객체로서 품은 행위의 잠재성을 보았는데, 이는 행위가 일어나고 가해지는 또다른 객체의 전제와 함께 비로소 이해될

---

8) 하먼이 이중 구조에서 '쿼드러플'의 사중 구조로 논의를 발전시킨 것은 바로 이 지점에서다. 각주 7번을 참고하라.

수 있다. 가령, 절벽의 '심는' 행위는 나무와의 관계성 속에
서 비로소 온전해진다. 행위가 인간 주체만의 배타적인 특
권이 아니라 객체들에 평등하게 내재하는 역량일 때, 행위
는 물러난 객체들이 서로를 만질 수 없는 항상적인 존재론
적 간극으로부터 발생한다. 그러므로 행위는 직접적인 접촉
(물리적인 인과 작용)이 아닌, 접촉 불가능성으로부터 발생
하는 하나의 간접적인 효과로 이해할 수 있다. 요컨대 객체
사이에서 벌어지는 행위는 만질 수 없는 것을 만지는 일이
며, 직접적인 상호작용이 아니라 바로 그것이 실패한 자리
에서 발생하는 텔레키네시스(telekinesis)다.

　바로 이 불가능성의 사이 공간에서 객체는 우리를 **유혹**한
다.[9] 유혹은 객체가 자신을 감각적으로 내보이는 일과 물러
서는 은폐의 길항작용으로, 새로운 관계와 정동을 생성하는

---

9) "매혹은 인과관계라 부르는 모든 것의 중요한 열쇠인데, 다만 이
　것은 언제나 간접적이고 완충제를 사이에 둔 비대칭적인 것이다.
　(……) 모든 의식적인 것은 매혹이지만, 모든 매혹이 의식적인 것
　은 아니다. (……) 매혹은 객체가 서로에게 부재의 형태로 출현하
　는 일이다." Graham Harman, *Guerrilla Metaphysics : Phenom-*
　enology and the Carpentry of Things, Open Court, 2005, pp.
　245~246. 번역은 인용자, 이하는 원문. "Allure turned out to be
　the key to all causation, which is always vicarious, buffered, and
　asymmetrical. (……) All consciousness is allure, but not all al-
　lure is consciousness. (……) Allure is the presence of objects to
　each other in absent form."

핵심 동력이다. 이는 표면의 감각이 실재의 깊이를 암시할 때 매혹당한 객체의 내부에서 발생하는 미적 사건이자 객체가 자기 존재를 드러내는 존재론적 역학이다. 시인은 이러한 유혹의 주고받음을 객체들이 서로 '반사'시키는 효과로 그린다. '너'와 '대나무'와 '바람'의 '마음'은 서로 (닿을 수 없는 지점에서) **접촉함**으로써 발생하는 아름다운 사건이다.

> 마음은 너와 대나무와 바람을 둘러싼 사이의 심연에서 그것들 각자의 입장에서 관찰된, 그것들 각자가 비쳐 반사하는 미적 효과다.
> 네 감각이 바람과 대나무에 닿을 때, 바람의 대나무의 마음은, 너에 닿아 너를 들여다본다.
> ─「마음을 위한 한 조각」 부분

그리하여 채호기의 '너'가 '나'의 부재가 만든 존재론적 사건의 결과라는 해석은 미학적 사건의 층위로도 올라선다. 객체의 행위가 다른 객체로부터 뻗어나온 접촉점(contact point) 위에서 드러날 때, 객체는 자신의 실재를 철저히 은폐하는 긴장을 유지한다. 즉, '너'는 물러난 '나'의 실재를 감각적인 언어 관계로 형식화한 유혹의 결과물이다. 채호기의 '너'는 '나'의 부재가 일으킨 미적인 현전이며 붕괴된 1인칭은 관계의 단절이 아니라 오히려 반대로, 새로운 관계 생성의 존재론적 조건이 된다. 유혹은 객체가 행위성

을 작동하는 방식이다. 그것은 '물러남'이라는 객체의 존재
론적 토대 위에서 발생하는 타자의 생성과 주체의 해체라
는 전대미문의 사건을 일으키는 동력이다. 이렇게 형성되
는 객체들 간의 관계는 행위를 관계 내부로 통합하거나 승
화하지 않고 객체의 고유한 독립성을 지켜낸다. '내'가 '너'
를 소유하거나 '네'가 '나'를 지배하는 방식이 아니라, 어디
까지나 철저히 물러나 있는 존재들이 서로를 스쳐지나가면
서 남겨두는 아름다움의 잔향(reverberation)이다.

『이상한 밤』에서 유독 음악에 관한 시가 많이 발견되는 것
은 그러므로 놀랍지 않다.[10] 음악이 객체로서의 자신을 은폐
하면서도 드러내는 유혹의 기술에 관여하는 감각기관은 주로
'손가락'이다.("울리는 음악은 네 눈에 잠기는 손가락들",「아
직도 소용돌이치며 울려고 하는가」) 이는 시가 음악을 손끝으
로 만지는 촉각적인 물질로 감각한다는 뜻이다. 만질 수 없는
것을 만지는 객체는 음악의 소리를 더듬거린다. 시에는 피리

---

10) "고요와 소란이 음악을 빚는다."(「피아노」), "음악이 이 방 저
방으로 날아다닌다./ 리듬은 질서다. 찢겨 버려진 장소는/ 망각이
다"(「망각의 영토」), "각기 하나하나의 색을 여는 것이 음악의 나
아감이다.// 손가락이 더듬는, 입을 반쯤 벌려 허밍하는,/ 귀에 피
를 모으고 신경을 헤쳐나가는 음악의 정글./ 음악과 음악 사이 미
끄러지는 시간의 행보"(「세 개의 모음」), "한 음의 지속적인 음조
는 망원경으로 확대한 듯 순간을 확장한다"(「한 음의 연구를 위한
미니어처」).

와 첼로 등이 직접 등장하기도 하는데 그중에서도 '피아노'는 "인간의 마음을 거부하고 순수한 물질의 소리를 회복하는 비인간들에게 잘 조율"(「피아노를 위한 두 조각」)되었다는 점에서 특히 주목할 만하다. 아래의 피아노는 인간의 시선이 투사되지 않은 실재적인 객체이면서 감각적인 객체다.

피아노는
현, 목재 울림통, 해머,
자기 부품 들을
쌓아두는 곳.

음악 안에서
피아니스트를
점점 여리게
끄집어낸다.

(······)

바깥에서 안으로
들어가는
피아니스트

(······)

피아노
안에서 나온
음악은
손가락으로 너를
만진다. 들어보렴.

안에서 바깥으로
연약하게
밀려나온다.

들린 것이 자기 복제하듯.
　　　　　　　　—「피아노를 위한 두 조각」 부분

　피아노는 음악 안에 든 것이며 피아노로부터 음악이 나오
기도 한다. 둘 사이에 자리하는 피아니스트도 마찬가지로 음
악 안으로 들어갔다 빠져나오기를 거듭한다. 피아노와 음악,
그리고 연주자는 유혹의 긴장 관계를 형성하고 서로를 각자
안에 복속시키는 것이 아니라 다만 그러한 교차와 만남을 순
간과 우연의 가변적인 차원으로 남겨두며 계속해서 움직인
다. 셋은 음악이라는 관념 아래에서 통합적인 계열체를 이루
기를 거부하고 각자 자기 존재의 고유함과 길항하며 미끄러
지는 중이다.("각기 하나하나의 색을 여는 것이 음악의 나아

감이다", 「세 개의 모음」) 시의 전통적인 1인칭 화자가 절대
자의 권위와 함께 신적인 창조에 비견되는 행위를 할 수 있
었던 근원인 '목소리'는 『이상한 밤』의 시간 속에서 서서히
소멸한다.[11] 이 밤을 채우고 있는 것은 그저 "나무와 절벽과
새의 느낌을/ 둘러싸는 공통 세계의 분별없는"(「이상한 밤」)
'소리'일 뿐이다. 목소리의 죽음과 소리의 등장처럼, 나타나
고 사라지기를 반복하는 유혹의 역동 안에서는 아름다움이
죽음의 형태로 태어나고 있다.("이 아름다움에는 임박하는
사라짐의 공포,/ 쩔레와 말이 뒤엉킨 비폭력적인 죽음의 경
험이 있다", 「두 개의 모음」) 죽음은 이곳에서 실재의 소멸
과 끝이 아니라 나타남과 사라짐의 엇갈리는 교차, 존재가
자신의 존재를 유지하는 구조와 관계의 형식이 변화하는 양
상이다.[12] 가령, 첼로가 자신의 음악을 연주할 때 발생하는

---

11) 1인칭 '나'가 2인칭 '너'로 존재론적 변환을 도모하는 것은 그
목소리 자체를 내려놓고자 하기 위함이다. 신적 로고스의 전지전능
함은 '나'의 자기동일성을 강화하는 음성이다.

12) 죽음을 다루는 시편들도 꽤 등장하는데 가령, "너의 죽음 속에
나비를 들여라"(「나비」)라는 명령이나 "죽음이란 가만히 둬도 수
평이 되는 물"(「세 개의 조각」)이라는 명제는 시인이 죽음에 대해
객체지향적인 접근을 도모하고 있음을 잘 보여준다. 하먼의 맥락을
차용할 때, 『이상한 밤』의 세계에서 죽음은 존재의 물러남이 극단
화되어 다른 객체들과 맺는 관계의 모습, 그것이 감각적으로 드러
나던 방식이 바뀌거나 정지하는 것이다. "사물은 죽음과 같다./ 죽
음의 물질적 등장이다."(「두 조각」)

시간의 죽음은 유기체적 생명의 종식이 아니라 (이미 '첼로'와 '음악' 그리고 '시간'은 유기체가 아닌 비인간이다) 소리의 출현이 시간을 변형시킨다는 의미다.[13]

소리로서의 음악은 채호기의 시세계에 존재하는 다종 다기한 객체들의 네트워크를 읽기에도 맞춤하지만 나아가 시집 전체를 한 편의 거대한 시로, 보다 정확하게는 한 편의 악곡으로 만든다(그래서 시집의 목차대로 읽기를 권했다). 『이상한 밤』은 이런 맥락에서 조금 특별한데 시인의 열번째 시집인 이 책이 공교롭게도 총 열 개의 부로 구성된다는 것이다. 통상 시집의 부가 네다섯 개로 구성됨을 감안하면 열 개의 부는 상당한 파격이다. 개별 시편을 묶어주는 단위가 두 배쯤 많아지면 각 부 사이에 발생하는 결합력은 그와 반비례하여 느슨해지고 시(집)의 구조는 닫힌 쪽에서 열린 쪽으로 나아간다. 이때 구조를 구성하는 여러 요소—각 부, 부의 제목, 개별 시편 등—는 시와 시집이 객체로서의 자율성을 획득하는 토대가 된다. 가령, 열 개의 부는 서로를 트리 구조의 부분으로 위계 짓지 않으면서도 상호 연결의 네트워크를 도모한다. 채호기의 시에 등장하는 객체가 서로의 몸짓을 되비추며 관계적으로 행위할 때, 그

---

13) "한 음이 첼로 현을 목 조르듯 아주 거칠게 긁자/ 바로 눈앞에서 아침이 콕콕 쪼며/ 점점 더, 이와 반대로/ 라고 지껄인다. 시간은 소파에 누워 죽어도 된다."(「새벽을 위한 세 조각」)

것은 변주(variations)라는 형식으로 체현된다. 더욱 흥미로운 것은 각 부의 경첩에서 관찰되는 엇박의 리듬이다. 예컨대, 2부의 첫 시 「카메라를 위한 두 조각」은 1부의 마지막 시인 「달을 위한 두 개의 모음」으로부터 연쇄적으로 이어진 것이고('달'과 '눈' 그리고 '카메라') 2부의 마지막 시 「두 묶음」은 3부를 여는 「커튼을 위한 한 조각」을 미분하며 바통을 건넨다('둘'에서 '하나'로, '묶음'에서 '조각'으로 이어진다). 이어달리기는 계속되고, 3부의 마지막 시편인 「세 개의 조각」의 일렁이는 '수면'은 4부를 시작하는 「금풍뎅이를 위한 한 조각」에서 '못'의 중의성으로 확장된다('못'은 연못을 의미할 수도 있고 사물을 어딘가에 고정하는 공구를 뜻할 수도 있다).

이러한 연쇄 구조는 빈틈없는 매끈한 연결이 아니라 이전의 세계에 있던 그 무엇을 이후의 세계에서도 관찰되는 잔여물로 남겨두는 엇갈림의 형식으로, 읽는 이로 하여금 **엇박의 리듬**(syncopation)을 감각하게 한다. 이는 개별 시편에서 보다 미시적인 층위로 드러나는데, 행이나 연이 잘리지 않아야 보다 안정적으로 읽힐 부분에서 시인은 의도적으로 글자를 부수어 이음새를 만든다. 시에 등장하는 객체가 서로의 인식면에 도착하는 과정에서 발생하는 접촉의 단위, 시인은 바로 그 지점을 부수며 강조한다.

무엇에 이끌리는지 모르는 채 우리는 어떤 것들의 심연

가까이로 허겁지겁 달려든다.
사랑은 입술을 내밀고 손으로 거머쥐려는 포옹

에 앞서 빛이 어루만지는 그윽한 시선이다.
몸을 부리지 않고도 돌보고 지키는, 만지지 않고도 만
지는 빛의 터치.

—「세 개의 조각」 부분

엇박은 본래의 리듬이 지닌 패턴을 고의적으로 어긋나게
만든 리듬이고 박자 자체가 아니라 박자의 기대감을 깨뜨리
므로 그로부터 발생하는 강세(accent)는 물리적이지 않고
지각적이다. 위 시에서 '포옹'과 '에'는 본래 붙여야 하지만
'에'가 다음 연으로 지연되면서 첫 연의 마지막에서 결핍된
강세를 뒤로 끌고 가 해당 부분을 강조하게 된다. 그러니까
만약 첫 연과 뒤 연이 통상의 문법대로 이어졌다면 우리의
인지는 '사랑은 포옹이다'라는 의미의 차원으로 진행하겠지
만, 연결의 규칙이 깨어지면서 '포옹'에 예비되어 있던 의
미의 강조가 박탈되고 '에 앞서'에 주목하게 된다. 그리하여
독자는 '사랑'이 '포옹'이 아니라 그에 앞서 "빛이 어루만지
는 그윽한 시선"임을, 꿈틀거리는 이상한 리듬 속에서 부정
할 길 없이 받아들이게 되는 것이다. 과연, 시가 말하는 대
로 객체로서의 우리가 경험하는 사랑은 "몸을 부리지 않고
도 돌보고 지키는""만지지 않고도 만지는" 터치와도 같다.

엇박의 유혹처럼 말이다.

'터치(touch)'는 채호기의 객체가 다른 객체에게 음악이라는 소리로 가닿으며 생성하는 비접촉의 접촉면이 신체적인 감각으로 활성화되는 것이다.(「피아노를 위한 두 조각」) 이것은 소유가 아니라 영구 불가능한 연결의 관계를 생성하는 유혹의 엔트로피이며, 이에 따라 『이상한 밤』은 그러한 만짐의 **존재론적 드라마**가 된다. 각 부가 서로를 가학적이거나 피학적으로 대하지 않는 실험적인 형식, 부분과 파편, 그리고 조각으로서의 (수록된 다수의 시편의 제목이 '무엇을 위한 몇 개의 파편/조각/모음' 등인 것은 그 어떤 것으로도 환원되지 않는 개체들의 독립성과 자율성을 드러낸다) 시편 각각은 서로를 상호텍스트적으로 해명하는 적극적인 해석의 연루로 나아가지 않는다. 시의 언어는 접촉이라는 만남의 흔적이 만든 작은 발자국들이다.

『이상한 밤』은 자연의 여러 유기물과 무기물이 생동하는 '조각'과 '모음'으로, 객체 사이에서 생성되는 완전한 비(非)침투성의 관계를 음악적으로 구현한다. 동시에 표면의 세계로 현상되는 (객체 자신이 현상하는) 풍경들은 서로 다른 시선―가령, 모기나 석류의 시선(「모기를 위한 하나의 단편」「석류를 위한 한 조각」)―을 통과하며 연쇄적인 번역을 경험하기도 한다. 이는 악곡의 주제―시라는 장르에서 역사적으로 신화화되어온 1인칭 화자 '나'의 권력을 박탈하고 2인칭이면서도 1인칭인 '너'를 통해 인간 중심적인 주체성을 객체의 지위로 재의미화하는 정치성—에 개별 시편들이 관계하게 하면서 동시에 그 주제로 귀속되거나 통합되지 않도록 끊임없이 막아선다. 그리하여 결국, 채호기의 화자는 시라는 장르 자체의 권력적 중심을 비틀고 파괴한다. 『이상한 밤』은 1인칭 시적 주체가 역사 속에서 무리 없이 누려온 인간적 자아의 전능과 권위를 해체한다. '밤'의 어둠은 객체로서의 시적 주체가 자기 존재의 심도를 오직 다른 것들의 표면 속에서만 발견하게 되는 존재론적 물러남의 공간이다.

채호기의 '터치'는 인간과 비인간, 그리고 사물이 만질 수 없는 것을 만지는 시적 행위이며, 이 접촉은 시가 음악적인 정치성과 감각의 윤리로 확장되는 국면을 보여준다.[14] 다시 말해, 이 『이상한 밤』의 '터치'는 그러므로 서로를 완전히 알지 못한 채 (혹은 완전히 알 수 없으므로) 표면의 스침만으로 흔적을 남기는 정치적 관계를 형성한다. 이때, 시는 상징체계로서의 언어가 설립되기 이전의 세계를 바로 그 이후의 세계로 당겨오고, 시의 목소리가 아닌 소리로서 음악과 접촉하는 운동 그 자체의 구조물을 건축하며 한 편의 악곡이 된다.[15]("음악이 멀리서 회전하며 공간을 나선형으

---

14) 이때의 '접촉'은 물리적이고 직접적인 인과에 의한 연결이 아니라 '매혹(allure)'이라는 역학을 매개로 한 간접적인 만남과 만짐의 감각적인 형식이다.

15) 번스타인(Leonard Bernstein)이 반 클라이번 콩쿠르의 참가자들을 위해 1980년에 작곡한 작품 〈Touches〉는 이 시집의 음악적/

로 건축한다", 「시간을 위한 미니어처」) 독자인 우리는 이토록 '이상한 밤'의 체험—'나'가 '나'를 말하는 순간 '너'가 되고, 시가 언어로 시를 쓰는 순간 그것은 몸이 쓰는 음악이 되는 기이한 세계로 초대된 이들이다. 이 밤의 한가운데에서 우리가 경험하는 것은 세계라는 행성의 생태계 안에서 사건적으로 이어지고 해체되며 또다시 연결되는 반복적 변주로서의 얽힘, 그 일렁이는 만남의 우주적인 감각이다. 객체들의 향연이 끝없이 펼쳐지고 있는 이곳은 시의 새로운 존재론적 우주다. '나'는 '너'에게로 닿기 위해 이제 천천히, 물러난다.

바다가 네게 다가오게 하기 위해
너는 무엇을 해야 하는가?
네가 해변이 되면 되겠지.

형식적 구조와 상동적이다. 전체 열 개의 악장으로 구성된 약 8분 가량의 이 피아노곡은 제목이 시사하는 바대로 건반을 '터치'하는 연주자의 감각, 손가락과 손목으로 이어지는 몸과 피아노 건반 사이의 표면적인 접촉을 사유하게 한다. 악보상으로는 열 개의 악장으로 나뉘어 있지만 실제 연주는 개별 악장들의 경계를 인지할 수 없는 연속적인 흐름을 들려준다. 이는 채호기의 객체들—개별 시편과 개별 부—이 각자의 독립성을 유지하면서도 『이상한 밤』이라는 하나의 음악적 생태 안에서 흐름으로 연결되는 것과 일맥상통한다.

네가 해변이 되려면 어떻게 해야 하나?
너도 너 자신이 될 수 없듯이
네가 해변이 될 수 없다는 걸 알아야겠지.

다만 네 안에 이미 바다와 해변이 있고
그곳의 바다 또한 해변으로 끊임없이 밀려온다네.
그 감각으로 너는 바다와 해변을 느끼지.

그 느낌으로 해변 모래톱에 바다의 주름을 새기지.
바다는 바다고 해변은 해변이어서
그것들과 너는 고유하고 독립적이어서
하나의 아름다움으로 서로 설렌다
　　　　　　　　　　　—「서로 설렌다」 전문

채호기 1988년『창작과비평』을 통해 작품활동을 시작했다. 시집『지독한 사랑』『슬픈 게이』『밤의 공중전화』『수련』『손가락이 뜨겁다』『레슬링 질 수밖에 없는』『검은 사슴은 이렇게 말했을 거다』『줄무늬 비닐 커튼』『머리에 고가철도를 쓰고』, 산문집『그리되, 그리지 않은 것 같은,』『주고, 받다』(공저)가 있다. 김수영문학상, 현대시작품상을 수상했다.

문학동네시인선 245
이상한 밤
ⓒ 채호기 2025

초판 인쇄 2025년 11월 20일
초판 발행 2025년 12월 1일

지은이 | 채호기
책임편집 | 김봉곤
편집 | 최예림
디자인 | 수류산방(樹流山房) 본문 디자인 | 유현아
저작권 | 박지영 형소진 주은수 오서영 조경은
마케팅 | 정민호 서지화 한민아 이민경 왕지경 정유진 한경화 정경주 김혜원
　　　김예진 이서진
브랜딩 | 함유지 박민재 이송이 박다솔 조다현 김하연 이준희
제작 | 강신은 김동욱 이순호
제작처 | 영신사

펴낸곳 | (주)문학동네
펴낸이 | 김소영
출판등록 | 1993년 10월 22일 제2003-000045호
주소 | 10881 경기도 파주시 회동길 210
전자우편 | editor@munhak.com
대표전화 | 031) 955-8888 팩스 | 031) 955-8855
문학동네카페 | http://cafe.naver.com/mhdn
인스타그램 | @munhakdongne 트위터 | @munhakdongne
북클럽문학동네 | http://bookclubmunhak.com

ISBN 979-11-416-0266-6 03810

www.munhak.com

문학동네